ELISERA

Ein Einführungsabenteuer von Sebastian Witzmann

Elisera ist ein Anfängerabenteuer für Rollenspiel Neulinge und ideal für den Start geeignet.

Schwierigkeitsstufe: Einfach
Spieldauer: 2 – 5 Sitzungen
Anzahl der Spieler: 3 – 7

IMPRESSUM

Text und Idee:	Sebastian Witzmann
Titelbild:	Lucio Parrillo
Innenillustrationen:	Björn Lensing
Layout:	Sebastian Witzmann
Lektorat, Korrektorat:	Bernd Blecha
Co-Korrektorat:	Nne Meyer
Rolemaster-Grundlagen:	Bernd Blecha
Testspieler:	Nne Meyer, Sebastian Steller, Volker Weber

Besonderer Dank an meine Frau Jeanne.

ISBN: 978-3-9811718-2-2

1. Auflage 2007

TA1
Abenteuer in Trion.

Einleitung

Da lag sie vor ihm. Ein zerbrechliches Bündel, zart und still. Sie schaute ihn mit großen, unschuldigen Augen an. Ihre Wangen waren leicht gerötet, und helles Haar bedeckte ihren Kopf. Sie war in ein paar Decken gewickelt und kaum größer als sein starker Unterarm. Erstaunlich ruhig und klar blickte sie ihn an. Sie verstand nicht, wie gefährlich er war und wie blutig er sich den Weg in ihre Kammer erkämpft hatte. Etliche waren durch seine gezackte Klinge in den letzten Minuten gestorben, und er galt als grausamer Anführer. Er, Urzak Blutaxt, General der zwölf Stämme und Anführer ihrer zehn dutzend Orkkrieger. Ohne Zögern hatte er Männer und Frauen der Burg mit schnellen Streichen aus dem Leben gerissen. Und nun starrte er auf das Kind. Sie schrie nicht, sie weinte nicht, sondern schaute ihm nur in die Augen. Und zum ersten Mal regte sich in ihm nicht die Gier nach dem Todesstoß. Er verspürte etwas Unbekanntes. Er hob sie vom Boden… sie war so leicht. Sie roch nach warmer Milch, und ihre zarte Haut lag unschuldig in seinem brutalem Arm.

Auch wenn sie ein Mensch war – niemand würde seine Entscheidung anzweifeln. Keiner wäre mutig genug. Langsam schritt er aus den Räumen der Festung. Grunzend gab er Befehl an seine Horden, die Burg niederzubrennen. Sie war eine Prinzessin. Sie war nun seine Prinzessin.

Die Geschichte

Vor siebzehn Jahren plünderten und brandschatzten über 120 Orks unter der Führung von Urzak Blutaxt die Bergfeste Mailara. Der Burgherr Onthar war auf Jagd und fand die Burg niedergebrannt und seine Leute tot bei seiner Rückkehr vor. Neben seiner Frau wähnte er auch sein einziges Kind, seine Tochter Elisera, unter den Getöteten. Sie war damals knapp ein Jahr alt und sein größter Schatz.

Doch sie lebt noch und ist unter den Orks aufgewachsen. Ihr „Vater" Urzak erzählte ihr die Geschichte, daß er sie gefunden hätte – allein und frierend in den Bergen des Ghalgrat-Gebirges. Heute ist er nur noch ein General von acht Orkkriegern, denn das Bündnis zwischen den Orkstämmen im Gebirge währte nicht lange.

Doch jüngst scheinen die Stämme sich wieder zu einen. Ein selbsternannter Orkkönig, Bulrogsch der Starke, hat bereits vier der zwölf Stämme wieder zusammengebracht und die restlichen acht scheinen nur noch eine Frage der Zeit. Urzaks Stamm will sich als fünfter dem erstarkenden Bündnis anschließen und seine Position innerhalb des Bündnisses behaupten. Dabei ist die zwischenzeitlich zu einer sehr ansehnlichen Frau herangewachsene Elisera, die seit der Raubnacht Tara heißt, das Eintrittsgeld. Der Orkkönig Bulrogsch will sie zur Frau. Gegen den Willen von Urzak und vor allem gegen den Willen von Tara wird die Vermählung beschlossen. In Kürze soll es zur Heirat kommen.

Onthar hat mittlerweile die Feste wieder fast aufgebaut. Er hat nach einer langen Trauer alles daran gesetzt, das Land wieder sicherer zu machen und die Burg zur alten Größe zu bringen. Doch ständige Überfälle im Umland binden seine Kräfte, und der Aufbau geht nur schleppend vorwärts. Vor wenigen Tagen hat Onthar von einer Seherin erfahren, daß seine tot geglaubte Tochter noch lebt – bei den Orks. Seitdem hat er kaum geschlafen und sucht verzweifelt einen Weg, seine Tochter aus der vermeintlichen Sklaverei zu befreien. Er selbst ist heute ein alter, gebrochener Mann – auch wenn ihm die Hoffnung auf seine Tochter neue Stärke verliehen hat. Doch er hat keine Männer für eine Rettungsmission und nicht genug Geld für Truppen aus anderen Ländern.

Daher reist er nach Leet – ein Ort an den Ausläufern des Gebirges und bekannt für seine abenteuerlustigen Bewohner. Er sucht nach Leuten, die ihm für Ehre, Ruhm und ein wenig Geld helfen, seinen Schatz wieder zu bekommen. Er setzte seine ganze Hoffnung darauf.

Wie ist das Abenteuer aufgebaut?

Das Abenteuer ist ein erster Einstieg in die faszinierende Welt von *Rolemaster* und speziell für die ersten Schritte konzipiert. Deshalb finden sich auch vorgefertigte Spielercharaktere in diesem Abenteuer und auch einige Erläuterungen zur Spielmechanik, sowie Tipps und Tricks für den Spielleiter. Natürlich kann das Abenteuer auch von erfahrenen *Rolemaster*-Spielern gespielt werden.

„Elisera" basiert auf den deutschen *Rolemaster*-Regeln.

In „Elisera" werden die Spieler zum ersten Mal zusammentreffen, sich verbünden und ihre Charaktere entwickeln. Als Gruppe werden sie in Teamarbeit die Gefahren meistern. Es gibt unterschiedliche Lösungswege, und „Elisera" ist flexibel aufgebaut. Trotzdem kann es passieren, daß die Spieler mal einen neuen Weg gehen oder etwas völlig Unvorhergesehenes unternehmen. In dem Abenteuer finden sie daher ein paar allgemeine Tipps für diese Situationen.

Das Abenteuer endet mit vielen Aufbaumöglichkeiten und Optionen für weitere spannende Erlebnisse. In Folgemodulen werden die Charaktere und Ereignisse aus diesem Abenteuer aufgegriffen und weiter entwickelt. Natürlich können sie in der Zwischenzeit viele andere Gefahren erlebt haben. Und erfahrenen Spielleitern steht es selbstverständlich frei, nicht die vorgefertigten Charaktere zu nutzen, sondern eigene zu fertigen oder die Charaktererschaffung den Spielern zu überlassen.

Sie finden im Anschluß an diesen Abschnitt eine kurze Erläuterung zu den Spielercharakteren (SC) und die Hintergründe der SC. Am Ende des Abenteuers finden Sie die Werte und kleine Einführungstexte für Ihre Spieler, die Sie kopieren und den Spieler aushändigen können.

Nach einer kurzen Beschreibung des Ortes Leet beginnt das Abenteuer. Die dort vorkommenden „Vorlesetexte" sind dabei mögliche Beschreibungen, die Sie den Spielern laut vorlesen können. Das Abenteuer selbst ist in vier Abschnitte unterteilt. Danach folgt ein Ausblick auf die Zukunft und Vorschläge für weitere Abenteuer.

Im Anhang finden Sie dann Dokumente für das Spiel selbst, die Sie auch den Spielern teilweise aushändigen können. Diese sind entsprechend gekennzeichnet. Des Weiteren finden Sie dort auch Kurzregeln, die Ihren Spielern den Einstieg erleichtern sollen.

Nun viel Spaß mit „Elisera"!

Die Spielercharaktere

Hier finden Sie eine kurze Beschreibung der vorgeschlagenen Spielercharaktere und deren Hintergründe. Sollten Sie eigene Charaktere benutzen oder den Spielern die Erstellung überlassen, dann sollten Sie die Hintergründe jedenfalls kennen, wenn zukünftige Abenteuer darauf aufbauen sollen. Die Hintergründe der Spielercharaktere sind nämlich so angelegt, daß darin die Grundsteine für künftige Abenteuer und Kampagnen gelegt sind.

Die Gruppe besteht aus vier völlig unterschiedlichen Personen. Sollten sie mehr Spielercharaktere (kurz: SC) brauchen, dann finden Sie im Anhang noch weitere Charaktere und Varianten. Die vier hier genannten stellen aber den „Kern" der Gruppe dar. Das heißt nicht, daß die anderen weniger bedeutend in späteren Abenteuern sein müssen, sondern nur, daß die vier hier beschriebenen SC der Grund für spätere Abenteuer sind oder sein können. Aber diese Folgeabenteuer können auch ohne diesen Grund gespielt werden. Sie sind also frei in der Wahl. Demnach können Sie der Empfehlung folgen oder nicht.

Gleiches gilt für die Namen, die bitte auch nur als Vorschläge zu verstehen sind. Auch wenn sie im Text immer wieder auftauchen: Benennen Sie die Namen dann einfach um.

Allgemeiner Hinweis

Lesen Sie das Abenteuer vor dem Spiel einmal komplett durch, und machen Sie sich Notizen, wenn nötig. Die Dokumente für die Spieler sollten Sie in ausreichender Anzahl vor dem Spiel kopieren oder ausdrucken und bereithalten.

Finn Flannagan

Finn ist ein 18 Jahre junger Krieger und bei seinem Onkel Gael Arian aufgewachsen. Seine kräftige Statur verdankt er der harten Arbeit auf der Farm seines Onkels. Aber es steckt mehr als ein Bauer in ihm. Seit er denken kann träumt er von der großen weiten Welt. Und schon als kleiner Junge hat er jede freie Minute für Kämpfe mit Holzschwertern genutzt. Sein Onkel hat ihn statt seiner verstorbenen Eltern aufgezogen. Seine Eltern starben in einem Krieg, der kurz nach seiner Geburt fernab von Leet wütete, bei dem sie als Heiler eingesetzt waren. Gael ist nicht willig, ihm mehr zu erzählen. Nur daß es dumm war, sich dazu zu melden. Seine Eltern hätten kein Verantwortungsgefühl gehabt und wären Narren gewesen – auf der Suche nach dem großen Geld.

Finn ist nun endlich 18 Jahre alt und kann die Farm verlassen. Finn und Gael streiten schon seit Tagen deswegen. Gael meint, er solle nicht so närrisch wie seine Eltern sein, und die Farm würde ihn brauchen. Hier in Leet wäre seine Zukunft. Finn hingegen fleht der ersten Chance entgegen, die Welt zu entdecken.
Besonderes: Magisches Schwert

Gerol Kehlhammer

Viel gibt es über den stämmigen Zwerg aus dem Ghalgrat nicht zu berichten. Er stammt aus einer Zwergensiedlung nah dem Torlkopf, einem über 6000 Meter hohen Steinmassiv. Er hat die Siedlung verlassen, um sein Glück bei der Schatzsuche und anderen Abenteuern zu versuchen. Sein Vater war, bevor er sich in der Zwergensiedlung Torlend niederließ, ebenfalls ein Abenteurer gewesen und hat Gerol an langen Abenden phantastische Geschichten über wundersame Orte erzählt.

Gerol hat sich – als die Zeit gekommen war – auf den Weg gemacht, diese Orte zu finden. Doch sein spärlicher Proviant und seine Mittel sind rasch verbraucht, als er endlich Leet erreicht. Leet – das weiß er – ist ein Ort, wo schon viele Abenteurer einen Anfang gemacht haben. Seine Abneigung gegen die Orks in den Bergen ist angeboren, sagt man.
Besonderes: Silberflarettensalbe

Elathaliel

Einst war er ein lebensfroher Elf und ein Teil der Gemeinschaft eines kleinen Elfenstamms aus dem Casnewydd, dem erhabenen Wald, der sich an das Ghalgrat-Gebirge schmiegt und in dem auch Leet liegt. Doch ein Streit mit dem Stammesfürsten zog die Verbannung nach sich.

Elathaliel Imaneos – sein Nachname wurde ihm aberkannt – hatte es gewagt, den Fürsten öffentlich zu kritisieren, als dieser die neuen Gefahren im Wald ignorierte. Elathaliel hatte selbst die Spuren der Trolle entdeckt. Der Stammesfürst bestand darauf, daß Elathaliel sich irrte, denn die Trolle seien seit vielen Jahrzehnten nicht mehr in diesen Teil des Waldes gekommen. Er selbst habe einen Schutzbann gewirkt, der die Trolle von dem Stamm fernhalte. Elathaliel wußte, daß die Spuren von Trollen waren, und blieb hartnäckig. Der Streit artete aus, und der Fürst zog eine überzogene, ungerechte Konsequenz: Elathaliel bringt den Stamm durch seine Angstmache in Gefahr und sei nicht bereit, in der Gesellschaft als Teil davon zu leben. Insbesondere folge er auch nicht der offensichtlichen Weisheit des Fürsten. Deshalb sei er zu verbannen.

Elathaliel hat daher seinen Stamm verlassen. Er ist fest davon überzeugt, daß er im Recht ist und die Strafe

Regelhinweis Fertigkeiten

Ob ein Spieler etwas selbst weiß, oder ob er etwas in Erfahrung bringen kann, wird auf verschiedene Weise festgestellt. Wenn es aus dem eigenen Wissen stammt, dann ist es entweder Wissen vom Spieler, das er in vorherigen Abenteuern oder aus seinem Hintergrund hat, oder es ist Wissen, was der Charakter und nicht der Spieler hat. Dann braucht es einen Fertigkeitswurf auf eine Wissensfertigkeit. Zum einen kann man ein spezielles oder generelles Wissen haben: Das drückt sich in einzelnen Fertigkeiten mit Spezialisierung auf ein bestimmtes Thema oder einer allgemeineren Fertigkeit aus. Und es gibt noch verwandte Fertigkeiten nach Ermessen des Spielleiters. Wenn Gerol nun wissen möchte, wo der Gamskogel liegt, dann weiß das nicht der Spieler, sondern höchstens sein Charakter. Aber ob er es wirklich weiß, hängt von seinem Wissen ab. Er muss einen Fertigkeitswurf schaffen. Gerol hat folgende Fertigkeiten im entsprechenden Bereich:

Volkskunde (Ghalgrat Zwerge)
Regionales Wissen: Ghalgrat

Volkskunde ist eine ähnliche, verwandte Fertigkeit und kann notfalls zur Überprüfung genommen werden, wenn der Spielleiter es für sinnvoll erachtet. Dann ist der Wurf aber erschwert um 25. In unserem Fall ist das Wissen um die genaue Lage des Gamskogels ein leichtes Manöver (siehe *Rolemaster Grundregelwerk, Kapitel 3, Abschnitt 13.0, Seite 54*) und daher ein um +10 erleichterter Wurf. Da dieses Wissen nur verwandt ist, kann man eine Erschwerung um 25 ansetzen. Das bedeutet, der Spieler von Gerol wirft nun mit einem hundertseitigen Würfel bzw. zwei zehnseitigen Würfeln (1W100) einmal. Die Augenzahl wird um seinen Wert in Volkskunde (Ghalgrat Zwerge), nämlich 17 erhöht, um -25 verringert und um +10 erleichtert. Das Ergebnis muss nun über 75 liegen, damit Gerol die grobe Richtung kennt. Schafft er sogar 112 oder mehr, dann kennt er die Position sehr genau. Bei 91 – 110 kann er noch mal würfeln und diesmal +10 hinzuaddieren (mehr dazu unten).

Gerol hat aber nicht nur Volkskunde (Ghalgrat Zwerge) sondern auch Regionales Wissen: Ghalgrat. Da die Fertigkeit besser paßt, ist der Wurf mit keinem Malus belegt. Daher nimmt man hier Regionales Wissen: Ghalgrat. Gerol addiert also auf seinen Wurf +20 aus Regionales Wissen: Ghalgrat und muß diesmal nichts abziehen, aber erhält eine Erleichterung um +10. Liegt es über 76, dann kennt Gerol die grobe Richtung. Schafft er sogar 112 oder mehr, dann kennt er die Position sehr genau. Bei 91 – 110 kann er noch mal würfeln und diesmal +10 hinzuaddieren.

Alltägliches übrigens kann im Zweifel auch mit einem Wurf auf ein Attribut überprüft werden.

Entsprechend ist für Befragung Dritter ein Fertigkeitswurf auf die Fertigkeit Verhören möglich. In dem Fall sollte der Spielleiter aber auch das Rollenspiel zum Anlaß nehmen und die Spieler die gewünschte Information so erarbeiten lassen. (Siehe auch: *Rolemaster Grundregelwerk, Kapitel 4, Abschnitt 22.0, Seite 80*)

Vertiefender Hinweis

Es gibt Fertigkeitswürfe, bei denen ein Irrtum entstehen kann. Zum Beispiel meint Gerol, der Gamskogel würde 2 Kilometer weiter östlich stehen und irrt dabei, oder beim Einwirken auf Dritte passiert ein Fehlschlag, und der Dritte reagiert mit einer Lüge, usw. und ähnliche Situationen. Bei diesen Überprüfungen kann der Spielleiter auch verdeckt würfeln. Denn sonst wüßte der Spieler aufgrund des Ergebnisses sofort, ob er einem Irrtum unterliegt oder nicht. Für den Anfang und dieses Einführungsabenteuer bietet sich aber ein Wurf des Spielers an. Nur so kann die Spielmechanik der ganzen Gruppe näher gebracht werden. (Siehe auch: *Rolemaster Grundregelwerk, Kapitel 5, Abschnitt A-4 „Wer würfelt?“, Seite 156*)

willkürlich und völlig überzogen ist. Traurig und sich seiner unterlegene Stellung leider nur zu gut bewußt, ist er nach Leet – dem nächsten Ort – gezogen. Dort will er versuchen, etwas Sinnvolles zu leisten. Und denen helfen, die sich helfen lassen.
Besonderes: Elfischer Langbogen +10

Indara Evethe

Sie hat eher zufällig ihre Begabung für die Magie entdeckt. Und sich sofort darin so sehr vertieft, daß sie die Aufgaben in ihrer Familie völlig vergessen hat. Sie nimmt jede Gelegenheit für Versuche oder Studien wahr und hat sich immer mehr zurückgezogen. Ihre Familie hält sie für sonderbar und für aus der Art geschlagen. Sie können den „Firlefanz" nicht nachvollziehen, denn tüchtige Arbeit ist ehrlich zu schaffen. Indara will ihrer Familie nicht weiter zur Last fallen, und auch ihr Wissensdurst treibt sie fort von Leet. Es muß andere Orte, bessere Orte für sie geben. Doch alleine kann sie nur schlecht die gefahrvolle Welt entdecken, und finanziell sieht es auch nicht besonders gut um sie aus. Allerdings kennt sie Finn und weiß auch um seine Pläne. Ein starker Mann an ihrer Seite könnte einiges an Ärger fern halten.
Besonderes: Liebestrank

Weiblich?

Indara kann selbstverständlich umbenannt werden und auch ein Mann sein. Genauso wie jeder männliche Spielercharakter auch weiblich sein kann.

Leet

Der Ort liegt zwischen dem Ghalgrat-Gebirge und dem Casnewydd-Wald und behauptet sich fern der nächsten menschlichen Siedlung hier in der Wildnis. 129 Bewohner zählt Leet und ist damit ein recht großes Dorf trotz der gefährlichen Lage. Unter der schützenden Hand des Ritters Mereno von Leet hält sich die einzige menschliche Siedlung des Reiches Trion in den Wäldern hartnäckig. Das Volk ist sehr genügsam und widerstandsfähig. Man sollte auch nicht den Fehler machen, die Einwohner von Leet zu unterschätzen. Denn sie sind dem Reich treu und bereit, jederzeit auch ein Schwert zu führen. Sie haben am Fuß des Ghalgrat gelernt, weit ab von den nächsten Siedlungen des Reiches sich gegen die Kreaturen aus dem Casnewydd zu wehren und der Natur zu trotzen.

Der Ackerbau im südlichen Bereich der Siedlung ist nicht sehr einträglich, aber der Laan, ein Fluß mit kühlem Gebirgswasser, führt hervorragende Fische. Und der Casnewydd ist ein ideales Jagdgebiet – wenn auch ein gefährliches. Die Hirten treiben ihr Vieh hoch in das Ghalgrat-Gebirge hinauf. Ab und an transportieren die Bewohner Felle nach Padova, der nächsten größeren Stadt.

*Natürlich kann Leet irgendwo in Ihrer eigenen Welt liegen oder auch ganz anders heißen. Das Reich **Trion** ist Teil einer Kampagnenwelt, die immer weiter vorgestellt wird. Folgeabenteuer basieren ebenfalls auf dieser Welt, können aber auch überall sonst angesiedelt sein.*

Zeit

Ein paar Worte zum Thema Zeit: Derzeit ist Herbst, und die meisten Bäume haben schon ihre Blätter abgeworfen. Der Boden und die Wälder leuchten rot und gelb vom Laub. Es regnet und stürmt ab und an – das Wetter wird immer unbeständiger. Das ist zwar unwirtlich und schwierig im Gebirge, aber schlimmer wäre es, wenn schon Winter wäre.

Schreiben Sie sich immer die Zeit auf. Notieren Sie die Tage und Nächte und achten Sie auf Verbrauchssachen, wie den Proviant der Spieler. Sie sollten sich überhaupt immer viele Notizen mit Stichworten machen. Animieren Sie die Spieler selbiges ebenfalls zu erledigen.

Wie alles anfängt

Onthar reitet mit drei Bewaffneten in Leet ein und sucht nach möglichen Rettern. Aus purem Zufall werden die SC entweder Onthar begegnen, wenn er gerade lauthals versucht, Helfer zu rekrutieren, oder aber sie werden schnell von dem „reichen Herrn" hören, der gegen Geld Helfer sucht. Wenn die Spieler Onthar das erste Mal sehen, dann lesen Sie ihnen folgendes vor:

„Ihr seht einen ergrauten Mann von ungefähr fünfzig Jahren mit sorgengefaltetem Gesicht. Ein sauber gestutzter Vollbart und seine Haltung lassen Adel erahnen. Er trägt einen vielleicht ebenso alten Reisemantel mit Pelzbesatz, der jedenfalls schon bessere Tage gesehen hat. Der Mantel wird von runden Plaketten und einer bronzenen Kette gehalten. Darunter schimmert die farblose Kleidung eines bessergestellten Manns durch. Auffällig sind auch seine gut gearbeiteten hohen Stiefel und seine samtene flache Mütze, wie sie Verwalter von großen Höfen aus einfacherem Stoff zu tragen pflegen. Kein Zweifel – an dem Mann ist etwas besonders. Hinter ihm sitzen drei Mann in Kettenhemden und Waffen zu Pferd, die mindestens vierzig Jahre alt sind und müde aussehen. Als der Blick des Adeligen Euch erfaßt, zucken seine Augen. Euch fallen sofort seine leuchtend grünen Augen auf. Er zwingt sich ein Lächeln auf: „Ihr da! Ihr seht aus wie gute Leute. Und stark, mutig und bereit, einem verzweifelten Vater sein Kind zurückzubringen. Beendet mein Leiden, helft mir in meiner Not, und errettet

„Leet“

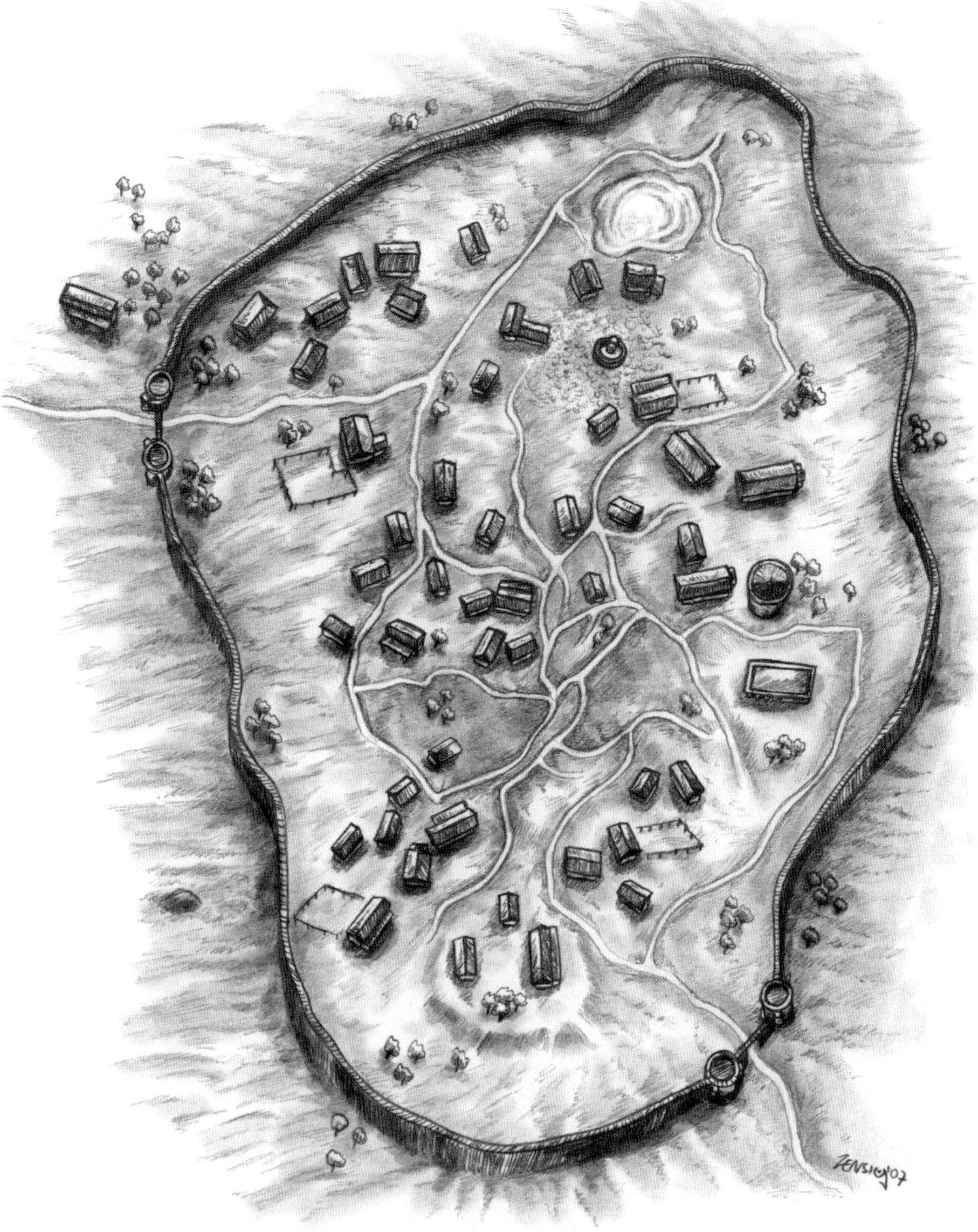

meine Tochter. Ihr sollt reich belohnt werden!“ Dabei greift er an seinen Geldbeutel unter dem Mantel, der prall gefüllt scheint. Erwartungsvoll starrt er euch an. „Was sagt ihr?“

Die Spieler sollten nun eigentlich das Gespräch ebenfalls suchen und die Chance beim Schopfe packen.

Onthar wird sich dann schnell vorstellen und seine fehlenden Manieren mit seinem Kummer entschuldigen. Er bietet 250 Trionthaler[1] (mehr hat er nicht) für die Befreiung und Rückführung seiner Tochter. Widerwillig wird er einen Vorschuß von höchstens 50 Trionthalern gewähren. Er kann von der fraglichen Nacht nicht mehr viel erzählen… schließlich ist es siebzehn Jahre her, und der Schock und die Trauer hat seine Aufmerksamkeit auf andere Sachen gelenkt. Er weiß aber von der Seherin, deren Name Sylia lautet (er meint aber, es wäre nur ein Künstlername), daß seine Tochter noch lebt und bei den Orks gefangen gehalten wird. Sie müsse Sklavendienste verrichten und es ginge ihr sicherlich sehr schlecht. Der Stamm lebt irgendwo oben im Gebirge, vielleicht südlich vom Gamskogel. Ein Umkreis von wenigen hundert Meter wäre möglich. Zugegeben … ein paar hundert Meter sind in den Bergen wesentlich mehr. Aber dafür und für die Gefahren sind 250 Trionthaler auch eine stattliche

[1] 10 Trionthaler entsprechen einem Goldfalken und drei Thaler stellt den Verdienst eines einfachen Manns von drei Monaten dar. Setzen Sie die Währung einfach in Ihre Kampagnenwährung um, wenn das Abenteuer nicht in Trion handelt. Im Anhang finden Sie weitere Informationen zu Währungen und Preisen. Wenn Ihnen die Belohung zu üppig erscheint, können Sie diese auch halbieren.

Summe.

Seine Tochter hat helles Haar (blond) und grüne Augen. Sie hat ein auffälliges Mal am rechten Unterarm, das wie ein Widderkopf aussieht. Und sie habe damals eine Kette umgehabt mit einem goldenen Anhänger, der einen Falken darstelle.

Er wird für die nächsten Wochen im Gasthaus „Brandkessel" einkehren und auf die Rückkehr der Spieler und seiner Tochter hoffen.

Die Spieler können sich nun auf die Reise vorbereiten und noch versuchen, mehr Informationen zu erlangen.

Informationen und Gerüchte

Die Lage des Gamskogel ist in Leet bekannt. Mit großer Wahrscheinlichkeit kann auch Gerol es wissen (siehe auch unter: Abschnitt 1 – Die Reise).
Die Orks in diesem Teil des Ghalgrat sind grausame Krieger und essen Menschenfleisch.
Es gibt mehrere Orkstämme, und sie führen untereinander manchmal Krieg. Die Fehden können aber schnell beigelegt sein, wenn ein gemeinsamer Feind auf den Plan tritt.
Die Orks nahe des Gamskogels leben zu hunderten in Höhlen mit labyrinthartigen Tunneln und grausigen Wesen darin.
Der Weg zum Gamskogel führt durch die Helka-Enge, in der sonderbare Kreaturen ihr Unwesen in der Nacht treiben. Nichts überlebt eine Nacht in der Enge.

Gasthaus Brandkessel

Das Gasthaus Brandkessel liegt zentral in Leet und wird vom gutmütigen, aber durchaus wohlgenährten Leunand betrieben. Die Dienstmägde sind seine drei Töchter (und die Köchin ist seine Frau). Sie halten das kleine Gasthaus in Schwung und die vier Zimmer im ersten Obergeschoß sauber. Das Essen ist einfach aber schmackhaft, es gibt gewässerten Wein mit Kräutern aus den Kernlanden und Wild aus dem Casnewydd, angerichtet mit Kartoffeln und dunkler Weinsauce. Für den kleineren Geldbeutel gibt es immer einen warmen Eintopf mit Gemüse und etwas Fleisch, dazu Bier in großen Holzkrügen. Der Schankraum ist sechs Meter breit und acht Meter tief. Gegenüber der Tür ist eine langgezogene Theke, die Leunand immerzu mit seinem Lappen in Gedanken trocken wischt. Jeder Gast wird freundlich begrüßt mit einem „Willkommen in Leet" oder „Willkommen im Brandkessel". Er freut sich über jeden Gast und schmeißt fleißig sein Tuch über die Schulter, wenn er ein Getränk fertig macht. Falls er alleine im Schankraum ist, weil gerade seine Töchter im Haus helfen, dann wird er die Klappe an seiner Theke öffnen und die Bestellungen selbst an die Tische bringen. Diese sind aus dickem dunkelbrauen Holz aus dem Casnewydd-Wald und kreisrund. Die Kerben und Kitschen in den Tischen, Bänken und Hockern zeigen deutlich das Alter des Gasthauses. Letztes Jahr hat der Brandkessel sein fünfzehnjähriges Jubiläum gefeiert. Ein Fest, das bei den meisten in Leet noch gut in Erinnerung ist. Tagsüber sitzen normalerweise die wenigen Reisenden hier. Die meisten kommen aber eher spät abends in Leet an und nehmen dann eines der Zimmer im Brandkessel. Dann ist das Gasthaus auch gut gefüllt mit den Leetern, die hier ihren Feierabend angehen. Sie könnten dies beim Betreten vorlesen:

„Ihr betretet den Schankraum des Brandkessels und fühlt sofort die Wärme des offenen Feuers im nahen Kamin. Der Geruch von Wild und Wein steigt in Eure Nasen. Leunand, der Gastwirt, schickt euch ein grüßendes Nicken von der Theke aus entgegen und ruft „Willkommen im Brandkessel!". Er zeigt mit einem Tuch in der Hand auf einen der runden Tische, an dem Platz ist, und wirft sich dann das Tuch über die Schulter. An den anderen Tischen sitzen die wenigen Fremden in Leet und ein paar Leeter."

Motivation

Es gibt viele Wege, die Spieler zum Abenteuer zu bringen. Die Hintergründe der SC sind so angelegt, daß genug Ansatzpunkte für eine Auftragsannahme da sind. Das Abenteuer ist für alle eine interessante Sache. Sie können das aber als Spielleiter noch verschärfen: Lassen Sie einfach beim ersten Erwähnen des Wortes Ork die Bemerkung gegenüber dem Spieler des Zwergs fallen, daß seine Hände dabei richtig kribbeln. Orks! Die grünwarzigen, häßlichen Kreaturen. Und die in Aussicht gestellte Belohnung können Sie auch noch mal im Wert ausmalen, indem Sie klarstellen, wie lange ein normaler Bürger für eine solche Summe arbeiten muß.

Das erste Treffen

Immer wieder kommt es vor, daß das allererste Treffen der SC schwierig verläuft. Wie macht man es am besten? Erzählt man als Spielleiter (SL) den Spielern einfach, daß sie sich alle kennen gelernt haben? Oder überläßt man es den Spielern? Es ist das Beste, wenn die Spieler selbst ihre SC das erste Mal beschreiben und das erste Treffen ausspielen. Dann gestalten die Spieler ihre Charaktere direkt beim ersten Auftreten und sind dort nicht an Ihre Interpretation des Charakters gebunden. Sollte dieses Abenteuer für ihre Spieler das erste Rollenspiel überhaupt sein, dann sprechen sie ruhig darüber und helfen Sie als SL.

Hier ein paar Tipps und Vorschläge dazu:
Sie können den Spielern zum Beispiel eine Situation beschreiben, daß sie alle auf dem Marktplatz von Leet stehen und daß dort gerade eine Frau inmitten einer Menge aufschreit. Im besten Fall stürmen nun alle SC dort hin und versuchen, sich ein Bild der Situation zu machen. Wenn die SC dort eintreffen, dann stellt sich das Ganze als Theatervorstellung heraus. Aber durch das Heranstürmen meint Onthar in den SC die geeigneten Auftragnehmer zu finden: Mutig, entschlossen zu helfen und jung genug, um für einen geringeren Betrag auch zu arbeiten. Außerdem heben sich die SC bereits von der breiten Masse der Bürger Leets ab. Daher spricht Onthar die SC deshalb als Gruppe an. Ob die SC – stellen Sie sich vor, Sie hätten einen Dieb in der Gruppe – nur zum Schrei gekommen sind, weil sie selbst vorhatten, das Chaos zu einem Diebstahl auszunutzen, ist irrelevant. Onthar wird in seiner Verzweiflung nur das Beste in den SC sehen. Wenn die SC nun abstreiten, eine Gruppe zu sein, dann wird Onthar ihnen sagen, warum er sie für eine Gruppe hielt und sich dafür entschuldigen. Die Gründe, die er nennt, sind gleichzeitig sehr gute Argumente für die Spieler, um eine Gruppe zu werden. Wenn Onthar merkt, daß die SC nachdenklich werden, wird er ihnen das auch vorschlagen. Mögliche Gründe:

- „Eine so seltene aber gelungene Mischung hielt ich direkt für eine Gruppe von Mutigen. Schließlich ergänzen sich bei Euch Körperkraft, Wissen und Geschick – das nahm ich aufgrund Eures Äußeren sofort an."

- „Ihr schient die gleiche Motivation zu haben, und es sah abgesprochen aus, wie Ihr herangestürmt seid, um der vermeintlich hilfsbedürftigen Frau zu helfen."

- „Ihr habt alle das gleiche Glitzern in den Augen, was die Jungen in die weite Welt zieht. Ich hatte es gleich erkannt."

Klassisch ist sicherlich eine Alternative: Das erste Treffen im Gasthaus. Aber das ist sicherlich auch immer schwierig, weil es von dort noch sehr viele Möglichkeiten gibt. Und es ist überaus empfehlenswert, die SC so schnell wie möglich ein gemeinsames Ziel verfolgen zu lassen. Denn das ist der (erste) Motor für ihre Spieler.

Sollten Sie sich dennoch für die „Kneipen-Szene" entscheiden, dann lassen Sie die SC nacheinander eintreten, und geben Sie ihnen nur wenige Sitzplätze, so daß ein Treffen vorprogrammiert ist. Dann lassen Sie einen Angeber lauthals tönen, daß der „neue reiche Schnösel" in der Stadt mit ihm einen „Helden" bekäme, den er bräuchte. Schließlich habe er schon Therik beim Armdrücken in der Kneipe besiegt und gelte als unbesiegbar hier. Ein Abenteuer käme ihm gerade recht, und er bräuchte nur ein paar Mitstreiter. Dann könne er auf dem Marktplatz den Reichen ansprechen und die Belohnung kassieren. Vielleicht schließen sich Ihre Spieler ihm an. Dann machen Sie aber schnell klar, daß nichts als heiße Luft hinter dem angeblichen „Supermann" steckt. so daß die Spieler selbst das Ganze in die Hand nehmen. Onthar kann auch helfend eingreifen und sagen: „Euch beauftrage ich gerne – aber man hat mich bereits vor ihm dort gewarnt. Ich unterstelle, Ihr kennt ihn noch nicht lange."

I

Die Reise

Das Abenteuer beginnt nun endlich. Die Spieler machen sich auf dem Weg zu dem Orkstamm, der im Ghalgrat lebt. Dazu müssen sie zunächst zum Gamskogel. Der Gamskogel ist ein Berg, dessen Lage einigen in Leet bekannt ist. Es besteht auch eine große Chance, daß Gerol den Gamskogel kennt. Zwar war er noch nie dort, aber er könnte von seiner Lage (und daß dort Orks leben) gehört haben (beachten Sie dazu den Regelhinweis Fertigkeiten oben).

Die Reise durch das Gebirge ist gefahrenreich. Gleich nachdem die SC den Pfad aus Leet ins Gebirge eingeschlagen haben, werden sie die Belastung der Steigung merken. Bedenken Sie den Proviant der SC. Sollten die SC sich bei der Verpflegung verschätzt haben, dann gibt es durchaus die Möglichkeit, mit entsprechenden Fertigkeitsüberprüfungen Nahrung zu sammeln und zu jagen. Die Reise dauert ungefähr fünf Tage.
Sie können diesen Abschnitt entweder in die Länge ziehen und eine spannende und gefahrenvolle Reise abbilden, oder Sie kürzen die Reise auf wenige Minuten und „spulen" bis zum Abschnitt 2 vor. Dieses „Vorspulen" könnte zum Beispiel mit einem solchen Text passieren:

„Ihr seid nun mehrere Tage durch das Gebirge gewandert. Die heftigen Herbstwinde haben Euer Vorankommen immer wieder gehemmt. Der letzte Schauer steht noch in Euren Stiefeln, und Eure Körper schmerzen unter der Anstrengung der letzten Tage. Einzig Gerol scheint unverwüstlich in seinem Element und pfeift manchmal in den unmöglichsten Situationen zwergische Wanderlieder. Vor ungefähr drei Stunden habt Ihr die Schneefallgrenze erreicht und stapft seitdem durch immer höher werdenden Schnee. Bald müßtet Ihr den höchsten Punkt Eurer Reise erreicht haben. Vor Euch öffnet sich eine enge Schlucht. Der Pfad zwischen den Felsen ist eisig und schneebedeckt. Er

fällt steil ab, oben am Rand der Schlucht hängen riesige Eiszapfen herab, und Schneemassen hängen über. In der Schlucht gibt es überall schwarze Spalten in den Wänden, und scharfe Felsen spicken den Pfad. Einen Weg außen herum kennt Ihr nicht, und das Wetter gibt Euch keine Alternative. Durch diese Enge müsst Ihr durch. Ihr könnt ungefähr 300 Meter weiter die Schlucht einsehen, bis zu einem Knick nach rechts. Hinter der Enge liegt der Gamskogel."

Wenn Sie sich entscheiden, den ersten Abschnitt auszuspielen, dann bietet sich hier die Gelegenheit, erste Gefahren kennen und einschätzen zu lernen. Die Reise führt die SC etwa fünf Tage durch das Gebirge, und sie findet ihr vorläufiges Ende bei der Helka-Enge, einer lang gezogenen Schlucht, hinter der dann endlich der Weg zum Gamskogel freiliegt. Auf dem Weg gibt es folgende Gefahrenquellen: Wetter (Schnee, Hagel), Terrain (Klettern, Lawinen, Eis, Abhänge) und wilde Kreaturen (Monster und Tiere). Dabei sind die Gefahren beliebig kombinierbar und dadurch wesentlich schwieriger (denken Sie zum Beispiel an einen Angriff durch einen Berglöwen in der Nacht an einer rutschigen und steilen Stelle, während eisiger Regen fällt). Ganz gleich, welche der nachfolgenden Schwierigkeiten Sie den Spielern herausfordernd stellen: Bedenken Sie, daß die größten Gefahren noch vor den SC liegen, und sie daher deren Ressourcen nicht vollends auf der Reise erschöpfen. Geben Sie den SC genügend Chancen sich zu erholen und zu regenerieren. Verletzungen sind sehr gefährlich und können tödlich sein. Vermeiden Sie also starke Verletzungen auf dem doch eher unbedeutenden ersten Abschnitt. Das wahre Abenteuer kommt ja erst noch.

Manöver in den Bergen

Diese Fertigkeiten können Sie zum Beispiel in entsprechenden Situationen überprüfen:

Orientierung
Klettern
Ausdauernd Klettern
Aufmerksamkeit (unbewusst)
Spuren untersuchen
Spuren verfolgen
Richtungssinn
Sinneswahrnehmung
Situationswahrnehmung
Tierkunde
Pflanzenkunde
Regionales Wissen Ghalgrat
Nahrungssuche
Wettervorhersage
Überleben
Jagen

Lesen Sie dazu auch: *Rolemaster Grundregelwerk, Teil 5, Abschnitt A-04, Seite 127ff.*

Gefahrensituationen

Im Folgenden finden Sie einige ausgesuchte Gefahrensituationen, in die Ihre Spieler geraten könnten und die sie meistern müßten. Die Situationen sind der Schwere nach sortiert.

(Leicht) Klettern am Hang

„Schon lange folgt Ihr keinem Pfad mehr, sondern nur noch der groben Richtung. Und mit viel Glück habt Ihr auch immer stets eine Möglichkeit zum einfachen Vorwärtskommen gefunden. Aber nun scheint Euch Euer Glück zu verlassen: Eine knapp 40 Meter hohe Steilwand versperrt Euch den Weg. In der Mitte der Wand könnt Ihr einen Überhang erkennen. Rechts davon scheint ein Riß im Massiv eine Umgehung zu ermöglichen. Um die Wand herum kommt Ihr nicht ohne noch größere Schwierigkeiten, denn steil abfallende Hänge und scharfe Felsen zwischen losem Geröll lassen die Steilwand trotz der Gefahr einfach erscheinen."

Die Spieler müssen nun ihre Fertigkeiten überprüfen (Siehe dazu: *Rolemaster Grundregelwerk, Teil 5, A-4.3, S. 127 und Teil 2, 15.0, Seite 59ff.*). Das Klettern ist etwas sehr allgemeines, so daß auch Attributswürfe möglich wären. Geben Sie erleichternde Modifikationen, wenn die SC Hilfsmittel klug einsetzen (wie Seil, Kletterhaken, etc.) oder sich klug verhalten (zum Beispiel ohne Gepäck klettern und es an einem Seil befestigt später nachziehen oder andere Ideen).

Wählen die SC den Überhang als Weg, dann sollten Sie die Überprüfung stark erschweren (bis zu 30). Der Riß sollte leichter sein (keine Erschwerung). Der Weg dort kann aber ruhig mit düsteren Löchern in der Wand, die sich im Dunkel verlieren, ausgemalt werden und ab und an kann man Geräusche daraus (Fledermäuse?) hören. Das sollte den Weg etwas aufregender gestalten.

(Mittel) Angriff eines Berglöwen

„Das Pfeifen des Windes trillert noch in Euren Ohren, als plötzlich von rechts oben ein massiger Körper auf Euch zuschnellt."

Der Berglöwe hat die SC wahrscheinlich schon länger beobachtet. Die SC sind möglicherweise durch die

Winde und die Erschöpfung sehr abgelenkt und haben nur eine geringe Chance, den Angriff vorher zu bemerken (Modifikator: -50, siehe dazu auch: *Rolemaster Grundregelwerk, Kapitel 13.0 Seite 54f. und Seite 157 „Hinterhalt entdecken“*). Der Berglöwe ist sehr hungrig, sonst würde er nicht eine ganze Gruppe angreifen. Er wird verzweifelt versuchen, Beute zu schlagen. Doch wenn er seine Unterlegenheit zu spüren bekommt, wird er wendig über die Felsen springend flüchten. Eine Überprüfung von einer entsprechenden Fertigkeit wird das Jagdverhalten von Berglöwen den Spielern offenbaren: Sie sind Einzelgänger und sehr seltene Tiere. Die Wahrscheinlichkeit, daß er nach der Flucht zurückkehrt, ist sehr gering.

Berglöwe

Größe:	M
Trefferpunkte:	70 (135 normalerweise)
RK (DB):	3 (40)
Stufe:	5
Erster Angriff:	100* G(roß)Kl(auen)
Zweiter Angriff:	85 G(roß)Ra(mmen)
Dritter Angriff:	110G(roß)Bi(ss)**

(*90 normal)
(**Dritter Angriff nur solange kritische Treffer erreicht werden.)

Erläuterungen zum Kampf finden Sie übrigens im zweiten Abschnitt.

(Schwer) Lawine

Seit einigen Tagen hat es nicht geschneit, und die SC haben die Schneegrenze passiert (kurz vor der Helka-Enge). Es sind Temperaturen weit unter Null (-7 Grad Celsius), und auf dem Schnee hat sich eine eisige Schicht gebildet. Die Sonne stand den ganzen Morgen auf dem Hang. Vor ungefähr einer halben Stunde hat es dann angefangen zu schneien, und es sind gut 10 cm Neuschnee seitdem gefallen. Vor den Spielern erheben sich weiße Hänge, doch die Sicht ist auf wenige Meter beschränkt, denn die Wolken hängen tief und durchziehen den Weg. Der heftige Schneefall ist wie eine Sichtbarriere.

Sie könnten dies vorlesen:

„Die Sonne hatte heute Morgen nur einen kurzen Auftritt. Harte Winde haben schwere Wolken an die Berghänge getrieben, und stürmig schneit es nun an diesem sehr kalten Tag. In den letzten Minuten sind unglaubliche 10 cm Neuschnee gefallen, und jeder Schritt ist ein Kampf gegen den Wind, den Schnee, die eisige Kälte und den rasch tiefer werdenden Schnee. Es scheint der erste Schnee nach vielen Tagen zu sein, denn der alte Schnee war unlängst vereist.“

Sie können verdeckt die Fertigkeiten von Gerol und Finn überprüfen. Von beiden kennt sich sicherlich Gerol noch am ehesten mit Schnee aus. Wenn er einen Erfolg hat, dann sollte er die Lawinengefahr erkennen. Elathaliel könnte seine Fertigkeit „Wettervorhersage“ überprüfen, um mehr über die Lawinengefahr und Schneestürme zu erfahren.

Tödliche Gefahren

Vergessen Sie nicht: Eine Lawine ist eine der tödlichsten Gefahren. Zeigen Sie das ruhig – aber übertreiben Sie es nicht. Denn wenn ein SC daran stirbt, dann ist das sehr unbefriedigend. Das Abenteuer hat ja gerade erst begonnen. Lassen Sie also mehr Gnade als Recht gewähren. Es soll allen Spaß machen. Begründen Sie das Überleben mit Glück, dem Können der Spieler und SC. Aber zeigen Sie nicht, daß Sie „gnädig“ waren. Denn dann geht der Reiz der Gefahr schnell verloren.
Die Spieler könnten sich darauf verlassen, daß der Spielleiter sie immer überleben läßt, usw. Dann ist es keine Herausforderung mehr.

Es wird nicht viel geben, was die SC nun machen können: Sie sind jedenfalls aufmerksamer, und es sollte ihnen deswegen einen Bonus auf kommende Überprüfungen gegeben werden (+25). Desweiteren könnten sie sich gegenseitig mit einem Seil verbinden, um Verschüttete wieder zu finden. Oder sie setzen Magie ein, Fertigkeiten und andere Hilfsmittel. Belohnen Sie jede Aktion, die gewählt wird, und jede Vorsicht. Wenn die Lawine kommt, dann sollte vorher das Wetter aufklaren. Denn nur bei guter Sicht haben die SC eine gute Chance, sie zu überleben.

„Der Wind hat die Wolken endlich weitergetrieben, und die Sonne bricht wieder frei. Sie wärmt Euch nur bescheiden, denn der eisige Wind kühlt jede freie Hautfläche sofort ab. Das Wichtigste aber ist die nun gewonnen Sicht. Ihr seht die Berghänge vor Euch weiß glänzend sich empor strecken. Plötzlich seht Ihr an dem Hang vor Euch eine Bewegung. Ihr seid zunächst unsicher, ob sich überhaupt etwas bewegt hat in dem ganzen Weiß. Aber dann erkennt Ihr die aufsteigenden Wolken. Ein Schneebrett hat sich oben am Hang gelöst und reißt immer mehr Schnee mit sich auf dem Weg nach unten – geradewegs auf Euch zu.“

Die SC können nun versuchen, seitlich der breiten Lawine zu entkommen, was sehr schwierig ist. Auf einer

Breite von 150 Metern wird hier in wenigen Sekunden ein bis zwei Meter Schnee zusätzlich liegen. Denn der Schnee wird hier auslaufen. Einmal verschüttet bleibt den Spielern nur wenig Zeit. Sie müssen rasch handeln, denn die Luft wird schnell weniger. Zunächst bekommen die SC für die Lawine Schaden:

Der Offensivbonus beträgt 75 im Zentrum und für jeden Meter, den der SC sich davon entfernt hat, einen Punkt weniger. Verwenden Sie die Angriffstabelle: Rammen und Umklammern bis maximal Größe G(roß) (siehe: *Rolemaster Grundregelwerk, Tabelle A-10.9.7, Seite 259*). Die Art des kritischen Treffers ist Kälte (siehe: *Rolemaster Grundregelwerk, Tabelle A-10.10.1, Seite 264*).

Dann berechnen Sie mittels Zufall die Schneemassen über den SC:

10W10 cm (Schneehöhe über dem SC)

Je weiter die SC seitlich gekommen sind, umso weniger Schnee sollte es sein. Die SC standen am Anfang im Zentrum der Lawine. Zu beiden Seiten beträgt die Entfernung zum Rand 75 Meter. Die Lawine braucht ca. 18 Sekunden um herabzustürzen. Ziehen Sie einfach pro erreichten 10 Metern Abstand einen W10 ab. Hat ein SC also 30 Meter Abstand zum Zentrum gewinnen können, dann würfeln Sie mit 7W10 (statt mit 10W10), um die Höhe des Schnees über dem SC in Zentimetern zu ermitteln. Lassen Sie den SC zwei Runden zum Laufen Zeit – beachten Sie dabei, daß die Bewegung im Schnee langsamer ist!

Für 10cm können Sie eine Überprüfung des Attributs Stärke für das Freischaufeln verlangen. Mit jeder Überprüfung erschweren Sie die nächste um -5.

Befreite SC sollten den anderen zur Hilfe kommen. Verteilen Sie dann großzügige Boni für die Überprüfungen. SC, die bereits besinnungslos sind, sind natürlich schwieriger zu finden und zu befreien. Hier würde sich das Anbinden belohnen.

Abschluss

Sie können den Abschluss des ersten Abschnitts als Anlaß für das Ende der ersten Spielsitzung wählen. Dann sollten Sie den Spielern jedenfalls noch den einleitenden Vorlesetext des zweiten Abschnitts erzählen. Die Spieler merken dann, daß sie eine Etappe geschafft haben und daß eine neue vor ihnen liegt. Der Text ist so gestaltet, daß die Spieler das Ziel des Gamskogel auch vor Augen haben:

Er liegt gleich hinter der Enge …

II

Die Helka-Enge

Einigen Spielern könnte die Helka-Enge bekannt sein. Insbesondere Finn, der in Leet aufgewachsen ist, könnte davon gehört haben. Viele Geschichten und Lieder handeln von Verlorenen und den Gefahren der Schwärze. (Anders als bei der Fertigkeitsprüfung über das Wissen um den Standort des Ziels der Unternehmung sollte diese Überprüfung daher etwas vereinfacht werden.)

Die Enge ist eine über 600 Meter lange Schlucht, die mit fast 25% Neigung abfällt. Neben der abfallenden Neigung ist der Pfad eng und rutschig aufgrund des Eises und des Schnees. Wenn die SC die Schlucht erreichen, dann lesen Sie ihnen folgendes vor:

„Vor Euch öffnet sich eine enge Schlucht. Der Pfad zwischen den Felsen ist eisig und schneebedeckt. Er fällt steil ab, oben am Rand der Schlucht hängen riesige Eiszapfen herab, und Schneemassen hängen über. In der Schlucht gibt es überall schwarze Spalten in den Wänden, und scharfe Felsen spicken den Pfad. Einen Weg herum kennt Ihr nicht und das Wetter gibt Euch keine Alternative. Durch diese Enge müßt Ihr durch. Ihr könnt ungefähr 300 Meter weiter die Schlucht einsehen, bis zu einem Knick nach rechts. Hinter der Enge liegt der Gamskogel.“

Die Enge ist ein sehr herausforderndes Problem für die Spieler. Die zu überwältigenden sechshundert Meter werden lang und beschwerlich. Zunächst ist der Untergrund sehr glatt und durch das starke Gefälle wie eine Rutsche. Doch ist von einer Rutschpartie dringend abzuraten. Scharfe Felskanten links und rechts werden die SC blutig aufreißen:

Fordern Sie vom Spieler einen Wurf auf die Reaktion seines SC. Nehmen sie den dreifachen Reaktionsbonus und addieren Sie 50 und den Würfelwurf. Wenn das Ergebnis über oder gleich 100 ist, dann konnte der SC sein Ausrutschen glücklich unbeschadet retten. Ansonsten ist jeder Punkt unter 100 der Offensivbonus bei der Ermittlung des Schadens.

Wenn der Spieler zum Beispiel nur ein Ergebnis von 70 erzielt, dann ist die Differenz 30. Würfeln Sie dann den Schaden mit einem Offensivbonus (OB) von 30.

Benutzen Sie dazu die Angriffstabelle: Zahn & Klaue bis maximal Größe Klein. Die Art des kritischen Treffers ist Kälte.

Langsamer aber dafür wesentlich sicherer ist vorsichtiges Klettern. Die Überprüfung der Fertigkeiten sollte äußerst schwer sein, also um 30 erschwert. Belohnen Sie aber Kletterhaken (25) und den klugen Einsatz von Seil, Stangen und ähnlichem (10 und mehr). So können die Spieler bis zu einem Bonus von höchstens 25 kommen. Der Einsatz solcher Mittel oder gute Ideen machen das Klettern dann fast zum Kinderspiel.

Wesentlich gefährlicher ist aber was hinter der Biegung in einem der zahlreichen Risse im Dunkel lauert:

Melaka

Diese Kreatur lebt seit hunderten von Jahren in der Helka-Enge. Sie ernährt sich von denen, die es gewagt haben, in die Enge zu gehen oder die herein „gerutscht" sind. Melakas gibt es nur im Ghalgrat. Es sind Wesen aus einem anderen Zeitalter, und es gibt nur noch wenige von ihnen. Sie lauern in Spalten und Rissen meistens in engen Passagen und spielen dort die Überlegenheit ihrer zwölf Tentakel aus. Anders als wie bei Meerestieren mit Tentakeln (Kraken) haben diese Tentakel keine Saugnäpfe an der Unterseite, sondern aufgeraute Haut, die so scharf ist, daß sie wie ein Reibeisen wirken. Sie nutzen ihre Arme an engen Stellen, wo nur ein Opfer gleichzeitig sein kann, um es von allen Seiten zu attackieren, dann in die Luft zu heben und in den Spalt zu ziehen. Sie befindet sich in einem zwei Meter über dem Boden gelagerten Spalt, und nur ihre Arme schießen hinab. Sie umwickelt das Opfer und versucht, es so schnell wie möglich in den Spalt zu bekommen. Ihr bulliger Körper paßt schon lange nicht mehr durch den Spalt, und sie ist eine Gefangene ihres eigenen Baus. Abgeschlagene Tentakel wachsen binnen vier Tagen nach. Sie regeneriert ungewöhnlich schnell und ist auch ohne Nahrung lange stark und ausdauernd. Die Regeneration könnte die Ursache für ein erneutes Treffen der SC mit der Melaka auf dem Rückweg sein.

Beachten Sie bei dem Kampf, daß die Erzeugung von sehr lauten Geräuschen (zum Beispiel die Verwendung von Magie) zum Herabstürzen von Schneemassen und Eiszapfen führen kann. Außerdem ist der Kampf auf dem schlüpfrigen Untergrund außerordentlich gefährlich.

Bei diesem Kampf können die SC schon einen beachtlichen Teil ihrer Ressourcen verlieren (bis zu 25%). Sollte der Kampf zu schlecht für die SC verlaufen, aber die Melaka schon Schaden erhalten haben, dann kann sie sich auch in ihr Loch zurückziehen, und die SC können fliehen.

Die Melaka ist in jedem Fall ein harter Gegner und nur mit viel Geschick im Kampf oder mit guten Ideen zurückschlagbar. Die Melaka kann nicht getötet werden. Der größte Teil von ihr ist unerreichbar in der Höhle, und in ihrem Bau ist sie ungleich mächtiger und

Regelhinweis Kampf

Ermitteln Sie die Reihenfolge der Teilnehmer (also der SC und der Gegner) durch die Feststellung der Initiative: 2W10 + Reaktionsbonus und einen möglichen Malus oder Bonus, wenn der Betreffende zum Beispiel überrascht ist.

Dann wird in der Reihenfolge der Initiative (das höchste Ergebnis beginnt, dann das zweithöchste, etc.) der Kampf abgewickelt.

Versuchen Sie den ersten Kampf in einer vereinfachten Form und lassen Sie die Möglichkeiten zum Beispiel der Blitzaktion noch außen vor.

Ob ein Angriff erfolgreich war, ermittelt der Angreifende einfach mit einem Wurf von 1W100 plus seinem Offensivbonus (OB) auf der entsprechenden Angriffstabelle. Der Defensivbonus des Gegners (DB) wird dabei angezogen. Beachten Sie bei der Tabelle die Spalten nach Rüstungsklasse (RK). Verteilen Sie dann den Schaden nach dem Code in der genutzten Tabelle.

Beim zweiten Kampf sollten Sie dann die verschiedenen Aktionsmöglichkeiten - wie die Blitzaktion - hinzunehmen. So finden Sie und Ihre Gruppe sich langsam in das Kampfsystem ein.

(Lesen Sie zur Vertiefung die Texte im *Rolemaster Grundregelwerk, Abschnitt 10.0 bis 12.0., Seite 47*)

stärker. Sier verfügt über aussergewöhnliche Regenerationsfähigkeiten. Die angegebenen Werte beziehen sich nur auf den sichtbare Bereich ausserhalb des Baus. Daher sind entsprechende kritische Treffer anzupassen. Ein SC, der von der Melaka in den Bau gezogen wird, wird dort von einem weichen Mund langsam eingezogen und im Mund mittels Säure sehr langsam und qualvoll zersetzt. Erfahren die Fangarme dann draussen zu viel Schaden, wird sie ihr Opfer wieder ausspucken. Es gibt also noch Zeit, ein Opfer zu befreien. Allerdings muss dann noch die Säure von ihm ab. Die Ausrüstung wird stark gelitten haben, und der Charakter selbst wird erheblichen Schaden erhalten haben:

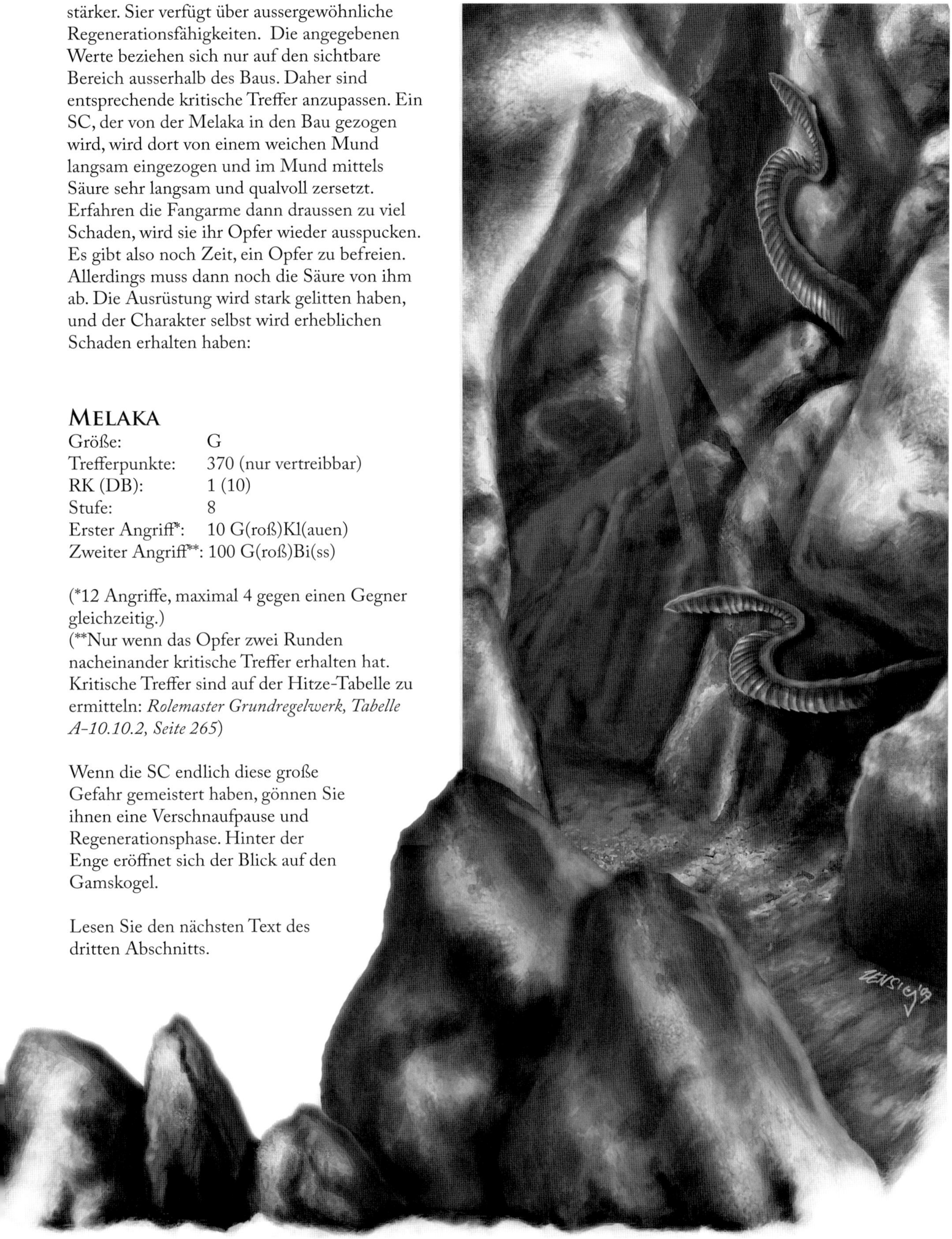

Melaka

Größe:	G
Trefferpunkte:	370 (nur vertreibbar)
RK (DB):	1 (10)
Stufe:	8
Erster Angriff*:	10 G(roß)Kl(auen)
Zweiter Angriff**:	100 G(roß)Bi(ss)

(*12 Angriffe, maximal 4 gegen einen Gegner gleichzeitig.)
(**Nur wenn das Opfer zwei Runden nacheinander kritische Treffer erhalten hat. Kritische Treffer sind auf der Hitze-Tabelle zu ermitteln: *Rolemaster Grundregelwerk, Tabelle A-10.10.2, Seite 265*)

Wenn die SC endlich diese große Gefahr gemeistert haben, gönnen Sie ihnen eine Verschnaufpause und Regenerationsphase. Hinter der Enge eröffnet sich der Blick auf den Gamskogel.

Lesen Sie den nächsten Text des dritten Abschnitts.

Die Höhlen des Stamms

Endlich haben die Spieler ihr Ziel erreicht: Die Orkhöhlen liegen vor ihnen. Lesen Sie Ihren Spielern folgende Passage vor:

„Vor Euch öffnet sich die Enge und gibt den Blick auf den Gamskogel frei. Ein stolzer Berg mit weiten Ausläufern im Osten. Dort könnt Ihr auch unten an den Hängen Rauch aufsteigen sehen. Wahrscheinlich Feuer der Orks. Allerdings liegen die so tief, daß Bäume den Blick auf Einzelheiten versperren. Der Gamskogel ist an der Spitze ganz in weiß getaucht und verliert sich bis unten in eine Hochebene in Grün. Von hier aus könnt Ihr einen einfachen Weg durch den Hang nehmen bis in die Hochebene hinein und zu dem darin liegenden Tannenwald. Ihr seid am Ziel Eurer Reise."

Die Spieler können nun gefahrlos bis in den Tannenwald vordringen. Aber sie täten gut daran, nicht offen den Hang in die Ebene zu laufen. Denn die Orks haben Wachposten postiert. Diese sind aber sehr unaufmerksam, so daß nur eine normale Chance der Entdeckung besteht, wenn die Spieler unbedacht weiterziehen. Gehen die Spieler hingegen vorsichtig vor, dann werden die Orks sie nicht vorher entdecken.

Überprüfen Sie die Möglichkeit der Entdeckung auf der ganzen Strecke dreimal. Beim ersten Mal mit -30, beim zweiten Mal mit -20 und beim dritten Mal ohne Modifikator (oder -10, nach Ihrer Wahl).

Würfeln Sie mit einem W100 und addieren Sie den Fertigkeitswert Beobachtung der Orks in Höhe von 5 hinzu. Dann ziehen Sie den Modifikator wie oben angeführt ab. Wenn der Ork 111 erreicht, dann hat er die Spieler entdeckt. Dann werden sich alle Orks in die Höhle zurückziehen. Sie wollen nicht entdeckt werden, vor allem nicht, wenn sie nicht wissen, wie viele Feinde draußen sind. Außerdem sind sie derzeit geschwächt (siehe den Hinweis „Lage in den Höhlen"). Für 1W10 Stunden sind alle Orks in den Höhlen in Alarmbereitschaft, und der Eingang zu ihrer Heimat wird gut bewacht. Gegen die so bereiten Orks sollten die Spieler keine Chance haben. Aber lassen Sie den Spielern dann immer noch die Möglichkeit des Rückzugs. Die Orks werden die SC dann nicht verfolgen (aus den gleichen oben genannten Gründen). Nach der Alarmzeit werden die Orks meinen, daß die Gesichteten weiter gezogen sind, und der Stamm wird der Normalität nachgehen.

Spätestens mit dem Erreichen des Tannenwaldes sollten die Spieler vorsichtiger werden. Die von oben gesichteten Feuer könnten ganz in der Nähe sein – und somit auch die Orks. Daher können Sie den Spielern ab und an Geräusche beschreiben. Neben Tierlauten kann man eben auch die Orks hören (die gerade Feuerholz sammeln, Äste brechen, Tiere jagen, etc.). So eingestimmt sollten die Spieler behutsam sich dem Hang des Gamskogels annähern und dann folgendes sehen:

„Am Hang ist der Tannenwald ebenso präsent wie in der Hochebene. Man kann in der Ferne das Plätschern eines Bachs hören. Zwischen den Bäumen kann man am Hang gerade noch eine stämmige grüne Gestalt erkennen, die auf dem Rücken neben einem Bogen einen Hasen hängen hat und an der Seite am Gürtel etliche Fallen. Der vermeintliche Ork ist mit Fellen bekleidet und sieht durch das Leben in der Wildnis gestärkt aus. Offensichtlich ein Jäger und Krieger des Stammes. Er scheint von der Nahrungssuche zurückzukehren. In einer Hand hat er ein Bündel Feuerholz. So bepackt verschwindet er hinter einem großen Busch am Hang. Das könnte der Eingang zu den Höhlen der Orks sein."

Spätestens jetzt müssen die Spieler vorsichtiger vorgehen. Hinter dem Busch befindet sich tatsächlich der Eingang zu den Höhlen des Orkstamms.

Ork (Nicht-Kämpfer)

Größe:	M
Trefferpunkte:	15
RK (DB):	1 (10)
Stufe:	1
Erster Angriff:	15Wa(ffe)*

(*Dolch/Messer)

Ork (Kämpfer)

Größe:	M
Trefferpunkte:	45
RK (DB):	5 (10)
Stufe:	3
Erster Angriff:	35Wa(ffe)*

(*Schwert/Bogen)

Beachten Sie, daß nicht alle Orks die Gemeinsprache beherrschen. Und wenn, dann vielleicht nur sehr schlecht.

Lage in den Höhlen

Der Stamm ist derzeit nicht in voller Stärke anwesend. Die meisten Krieger sind mit dem Häuptling zu einem Treffen mit dem Orkkönig ausgezogen. Zurück geblieben ist der General Urzak, „seine" Tochter Tara , eine handvoll Krieger und ansonsten eine Menge Frauen und Kinder. Außerdem ist der Stammesschamane Plarkas hier. Die Bewohner der Höhlen sind also eher zu einem Rückzug bereit und gehen, solange der Häuptling nicht da ist, den normalen Beschäftigungen nach, wie Holz und Nahrung sammeln, jagen und Aufbau und Pflege der Höhlen und Ausrüstung. Es werden stetig Pfeile gemacht (die natürlich bei weitem nicht so schön wie die der Elfen sind, aber dafür zumeist so dreckig, daß ein Opfer an den Folgen der Wunde mehr leiden könnte, als an der Wunde selbst), und es gibt sogar eine Esse, in der sonst einfache Klingen hergestellt werden. Das Eisen „organisieren" sie sich; eine eigene Produktion ist abwegig. Es werden auch andere Gegenstände grob aus Holz geschnitzt. Alles in allem ein recht gut organisierter Stamm.
Ein bis zwei Orks sind draußen als Wachen positioniert. In der Höhle selbst gibt es bei fehlendem Alarm keine fest eingeteilten Wachen. Nachts steht ein Ork am Eingang zur Höhle und einer patrouilliert in den Gängen.

Licht und Schall

Beachten Sie die Lichtverhältnisse in den Höhlen. Die Orks selbst brauchen kein Licht, aber es gibt in einigen Höhlen Feuerstellen für die Wärme und Nahrungszubereitung. Allerdings nur dort, wo auch ein natürlicher Kamin vorzufinden ist. In den dunkleren Gegenden könnte ein Fackelschein auffallen. Bei einem Alarm fällt er sicher auf. Dann fallen auch Geräusche auf, die sonst nicht bemerkt werden würden, da die Orks selbst laut in den Höhlen ihren Beschäftigungen nachgehen.

Bei einem Kampf haben die Orks einen Vorteil gegenüber zum Beispiel Finn, der nur bedingt mit wenig Licht zurechtkommt. Fehlt es gänzlich an einer Lichtquelle, wird Finn schnell zum wehrlosen Opfer. (Siehe dazu auch: *Rolemaster Grundregelwerk*, Abschnitte 13.0 und A-9.17.12. Seite 237f. [238])

Tipp

Nutzen Sie die Patrouillen der Orks und Effekte wie Geräusche usw., um die SC durch die Höhlen zu treiben. So können die Spieler von Ihnen bis zur Prinzessin getrieben werden, und eine friedliche Lösung wird ermöglicht. Denn die dann entstehende Situation macht einen Kampf fast ausweglos. Da die Spieler bis dahin keinen Ork getötet haben – vorausgesetzt, Sie geben Ihren Spielern auch immer genug Möglichkeiten, den Orks auszuweichen – sollte dies auch möglich sein. Urzak kann auf Abstand gehalten werden und zu einem Gespräch gezwungen sein, wenn die Spieler in der Notlage die Prinzessin als Geisel nehmen oder die Prinzessin selbst einen Kampf verhindert. Je nach dem welche Lösung Sie forcieren wollen, können Sie die Orks und die Wege der Patrouille entsprechend instrumentalisieren.
Um die Bedrohung entsprechend auszustatten, können Sie auch den Spielern die Einschätzung der Situation mitteilen: „Ihr seid überzeugt, daß ein Kampf gegen einen Ork vielleicht gelingt, aber die Anzahl der Gegner und Kämpfe ist einfach zu groß. Das wird schwieriger als gedacht." Nutzen Sie auch die Beschreibung der Orks und der Orte, um die Bedrohlichkeit zu erhöhen. Beschreiben Sie die Orks ruhig als „breitschultrig und im Kampf geübt" und übertreiben Sie bei der Anzahl der Lager ruhig: „Hier seht Ihr Schlafstellen von bestimmt einem Dutzend Krieger". Passen Sie die Texte einfach so an, daß eine möglichst große Bedrohlichkeit hergestellt wird. Dann werden die Spieler automatisch den Orks ausweichen und versuchen, durch die Höhlen unbemerkt zu kommen. Treiben Sie dann die Spieler bis zur Prinzessin, und lassen Sie es dort zum vorläufigen Höhepunkt kommen. Die Situation sollte dann hinreichend verzweifelt sein, daß Ihre Spieler alle diplomatischen Register ziehen wollen, den Trank (Sie erinnern sich? Indara hat einen Trank dabei!) einsetzen werden oder die Prinzessin als Geisel nehmen. Kommen Sie den Spielern dann dabei entgegen, indem die Prinzessin einen Kampf verhindert, oder Urzak das Ende seiner gemeinsamen Zeit mit seiner Tochter ahnt und deshalb kooperativ wird. Er kann aufgrund seiner Autorität dann alle anderen Orks von einem Kampf abhalten. Wenn Ihnen das dann zu einfach erscheint: Werfen Sie den Schamanen als Widersacher ins Gefecht.

„Die Orkhöhlen"

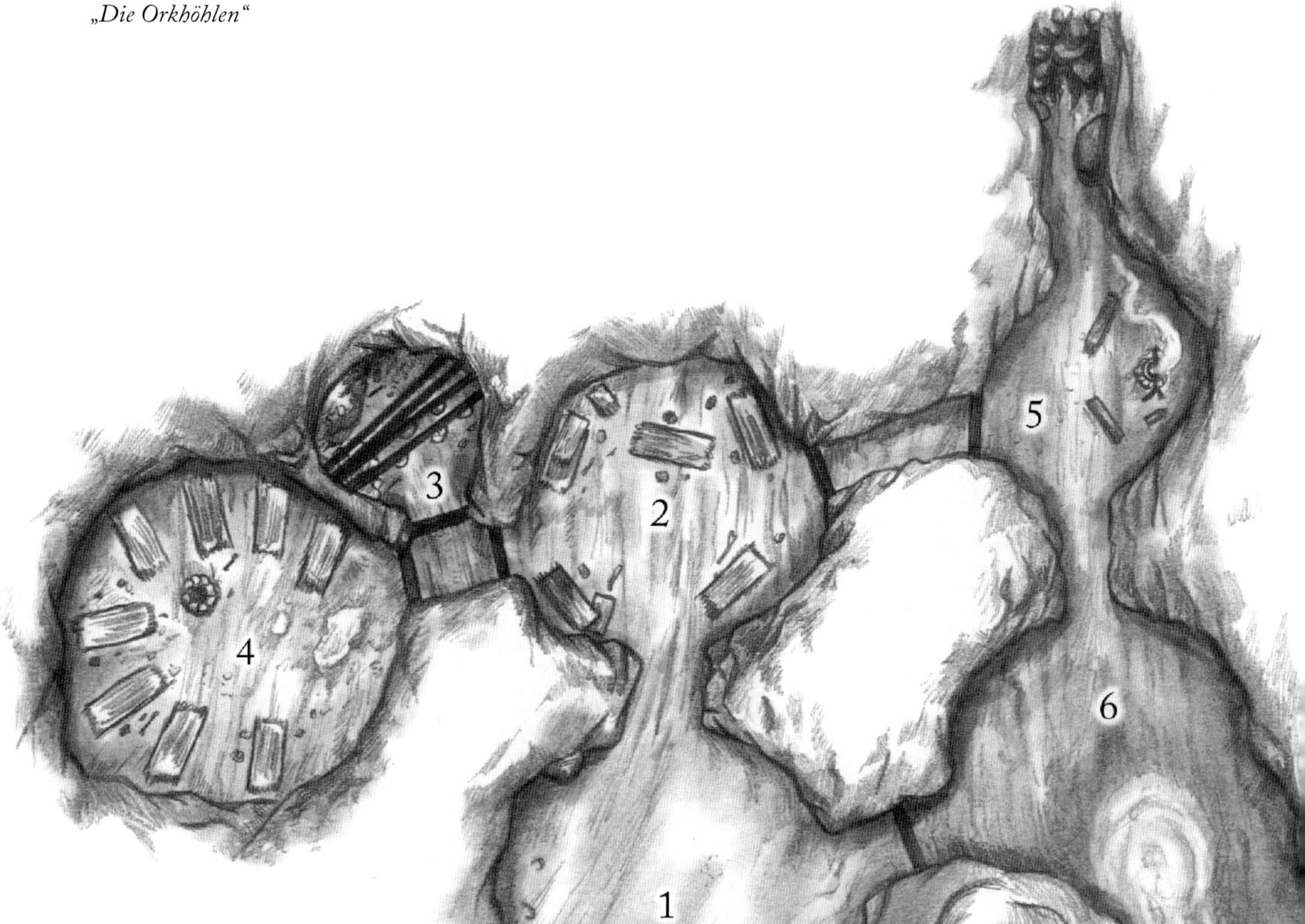

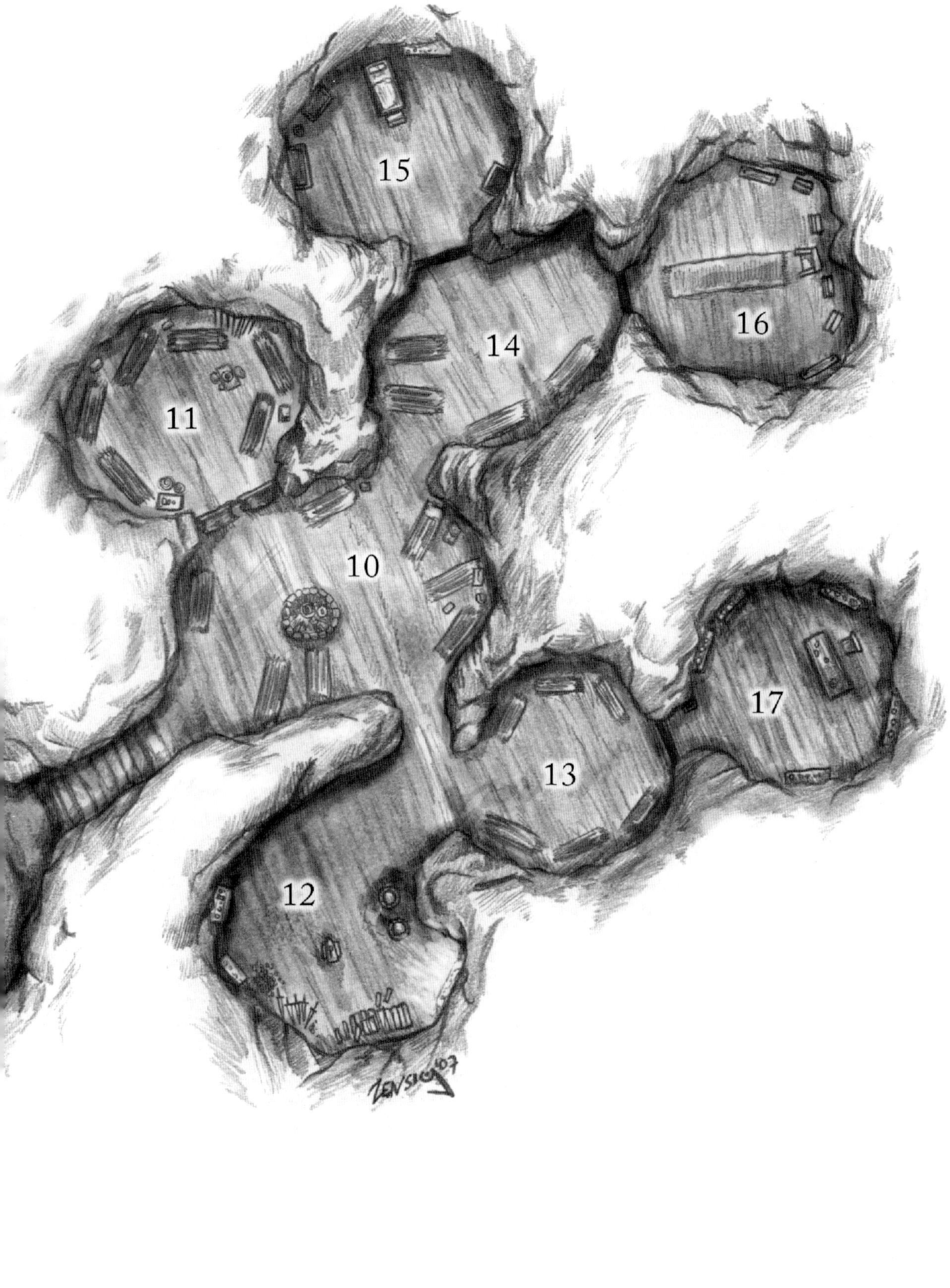
15
16
14
11
10
17
13
12
ZENSIG '07

Raum 1
Eingang

Der Eingang zu den Orkhöhlen ist tagsüber nicht bewacht, denn die Posten, die vorgelagert eingesetzt sind, vermitteln die nötige, aber falsche Sicherheit. Trotzdem kann es zufällig zu einer Begegnung mit einem Ork am Eingang kommen. Der wird bei Entdecken der SC sofort Alarm schlagen. Der Stamm ist dann 2W10 + 48 Stunden in Alarmbereitschaft, denn nun ist die Bedrohung offensichtlich. Nachts ist am Eingang eine Wache postiert.

„Hinter einem großen Busch könnt ihr Euer Ziel endlich sehen: Der Eingang zur Höhle ist schmal und niedrig, so daß Finn sich schon leicht bücken muss. Aus der Höhle kommt Euch ein übler Geruch entgegen. Orks stinken scheinbar sehr. Ihr könnt nur wenige Meter in die Höhle sehen, denn schnell verliert sich alles in der Dunkelheit."

Der Boden der Höhle ist manchmal etwas schlüpfrig, denn verschüttetes Wasser, Moos und Sachen, die man nicht wissen will, machen den Untergrund zum Hindernislauf. Aus der Eingangshöhle führen zwei Gänge. Der rechte endet vor einer eigenartigen Tür. Die Tür scheint aus einem menschlichen Haus herausgerissen zu sein, und ist hier stümperhaft eingesetzt. Die Orks haben tatsächlich sämtliche Türen zusammen geklaut und dann versucht, in ihrer Behausung einzusetzen. Im Folgenden werden immer wieder Gegenstände der Menschen auftauchen. Die Gegenstände sind sämtlich entweder falsch oder schlecht eingesetzt.

Die Tür ist offen und kann mit entsprechender Vorsicht auch leise geöffnet werden. Der Gang zur linken führt zu einer nicht benutzten Schlafstelle.

Raum 2
Lager der Krieger

Die nicht genutzten Schlafstellen am Boden der Höhle sind zahlreich. Sie bestehen aus Moos, Kleidungsresten und zerschlissenen Decken. Knochen von Kaninchen und anderen Kleintieren liegen herum. Einige davon sind bearbeitet – es ist aber nicht erkennbar wofür. Vielleicht soll daraus Schmuck werden. Die Krieger dieses Lagers sind mit dem Häuptling unterwegs.

„Der Boden der natürlichen Gänge ist teilweise feucht und glitschig. Der Geruch in der Luft ist intensiver geworden. Aber es liegt auch eine bissige Note darin. Was das wohl sein mag? Vor Euch öffnet sich der Gang zu einer größeren Höhle. Die genauen Abmessungen könnt Ihr nur schätzen. Es werden sicherlich sechs Meter in der Breite und genauso viele in der Länge sein. Es gibt zwei sonderbare Türen, die so aussehen, als ob sie hier nicht hingehörten. Die eine könnte aus einem Schiff stammen! Die andere Tür könnte eine Scheunentür gewesen sein. Sie ist niedrig und der obere Teil der Öffnung, der nicht von der Tür erfaßt ist, ist mit Unmengen an Tüchern und Lappen verhangen. In der Höhle sind sicherlich ein Dutzend Schlafstellen. Sie sind leer. Der Größe nach zu ordnen, könnten sie aber für ausgewachsene Orks gedacht sein. Wo die wohl sind?"

Die Spieler können sich hier verstecken bzw. diesen Raum nutzen, um Orks aus anderen Räumen auszuweichen. Die Stelle bietet sich deswegen auch hervorragen dafür an, da von hier aus die Räume 5 und 6 zu erreichen sind, und immer noch der Weg nach 1, 3 und 4 offen steht.

Mit entsprechenden Überprüfungen auf den Fertigkeiten können die SC mit Hören, Riechen und Sehen Orks früh genug entdecken und ihnen so aus dem Weg gehen und unentdeckt bleiben. Zur Erinnerung: Wird ein SC in der Höhle von einem Ork entdeckt, dann schlägt dieser sofort lauthals Alarm. Und wenn ihm das gelingt, ist der Stamm mindestens 48 Stunden plus 2W10 Stunden in Alarmbereitschaft.

Wenn Sie wollen, können Sie auch andere Fertigkeiten überprüfen. Und bei einem Fehlschlag die SC ausrutschen oder an den Felsen sich schneiden lassen. Übertreiben Sie es nur nicht, denn diese Stelle sollte sich für ein vorsichtiges Vorgehen anbieten.

Raum 3
Vorräte

Die Orks bewahren hier ihre Jagdbeute auf. Der Raum kann den SC als Versteck dienen.

„Hinter der Tür verschlägt es Euch den Atem. Es stinkt nach totem Fleisch und anderen Dingen, die Ihr besser nicht zuordnet. Überall in der kleinen Höhle laufen dicke Äste aus Birkenholz von einer Seite zur anderen. Sie wurden einfach in den Wänden verkeilt. Daran hängen tote Tiere, wie Hasen, und Feuerholz ist hier überall gestapelt. Hinter den Haufen scheint der Müll der Orks zu verrotten."

Natürlich ist vieles eß- und genießbar. Aber die Kombination von Altem und Vergammeltem sollte in der Nase genug beißen, als daß man auch das „Gute" für wenig schmackhaft erachtet. Die Genießbarkeit lässt sich mit einem einfachen Manöver, also +20, (Fertigkeit Gift entdecken, *Rolemaster Grundregelwerk S.157*) überprüfen.

Raum 4
Schlafstelle

In dieser runden Höhle befinden sich die Schlafstellen von mindestens acht Orks. Sie können diesen Raum taktisch einsetzen und die Spieler so in eine Richtung treiben und auch im Verhalten beeinflussen. Zum Beispiel wäre es möglich, die Spieler zunächst in Richtung der 4 zu lenken (durch das Erscheinen von Orks in der 5 und 6, wenn die Spieler in der 1 sind). Wenn sich dann die Orks der Position nähern, und Sie diesen Raum beschreiben, sollte klar werden, daß die Orks zur 4 wollen. Dann können die Spieler nur in die 3 ausweichen – wenn sie einen Kampf vermeiden wollen. Beschreiben Sie die Orks auch entsprechend, und teilen Sie den Spielern die Einschätzungen ihrer Charaktere mit. Finn könnte zum Beispiel die Kräfte richtig einschätzen und merken, dass ein Kampf nur unter hohen eigenen Verlusten zu bestehen wäre. Wenn die Spieler sich dann in der 3 verstecken, dann lassen Sie die Orks in der 4 verschwinden und einschlafen. Eine dösende Wache in der 4 und die Tatsache, daß man nicht 8 Orks auf einmal lautlos töten kann, sollte auch verhindern, daß man die Schlafenden töten will. Beschreiben Sie Raum 2 als frei – gehen die Spieler dort hin, dann hören die aus der 1 die Geräusche der Wachen. Dann bliebe den Spielern nur der Weg zur 4 und von dort zur 6, usw. So können Sie die Spieler durch die Höhlen leiten.

„Ein paar Bretter flankieren einen niedrigen Durchgang, der vollständig von einem schweren Flickwerk aus Tüchern, Resten von Kleidung und Decken verhangen ist. Es riecht streng – was zweifellos auf die Tatsache zurückzuführen ist, daß der Vorhang seit vielen Jahren dort schon hängt. Rußstellen an der Decke des Gangs und die Fußabdrücke, die durch die Pfütze vor dem Vorhang entstanden sind, zeigen deutlich, daß der Weg häufig benutzt wird. Hören kann man aber nichts.“

Ausrutschen

Auch wenn es rutschig ist: Verzichten Sie ruhig auf eine Überprüfung, ob einer ausrutscht. Schließlich sind es „Helden“ und in der Regel überaus geschickt oder zumindest vorsichtig und aufmerksam. Daher empfehlen wir, darauf zu verzichten. Sie könnten es aber prüfen, wenn die Spieler zu leichtsinnig vorgehen, und sie so warnen und zu besonnenen Vorgehen führen.

Wenn die Spieler den Vorhang beiseite nehmen:

„Vor Euch öffnet sich eine kreisrunde Höhle. Die Wände sind von den Orks grob und ungenau bearbeitet worden. Man hat scheinbar noch vor kurzem diesen Teil erweitert. Der Boden ist vollständig mit Schlafstellen bedeckt, und es riecht stark nach Orks. Die Schlafstellen sind derzeit leer.“

Lassen Sie den Spielern nicht zu viel Zeit zum Suchen von Beute – erstens gibt es nicht viel zu finden und zweitens muß die Spannung aufrecht gehalten werden. Die Spieler müssen ständig Angst vor der Entdeckung haben, und sie sollten nicht ihr Ziel aus den Augen verlieren.

Finden können die Spieler in den teilweise höchst widerlichen Schlafstellen Folgendes:

- Eine grob geschnitzte Holzstatue, die eine stämmige Frau mit übergroßen Brüsten zeigt, welche einen Nasenring trägt. (Geringwertige Statue einer niederen Göttin der Orks: Malushka)
- Ein Messingknopf, der vielleicht einmal zu einer der Türen gehörte, die nun als Provisorium die Eingänge einiger Höhlen verdecken.
- Zwei gebogene Schwerter, wie sie typisch für Orks sind, welche voll getrocknetem Blut sind. Die Klingen sind scharf und weisen etliche Kerben auf.
- Ein Sack mit Kastanien (14 Stück).

Raum 5
Kochstelle

Die Höhle 5 ist kleiner, wie 2 und 4, aber in der Kombination mit 6 und 1 ideal, um die Spieler zu lenken und ihr Verhalten zu beeinflussen. Passen Sie die Anzahl der dort befindlichen Orks auf die jeweilige Situation an. Es können sich dort auch keine aufhalten, wenn sie die Spieler über die 5 nach 6 und dann nach 7 lenken wollen. Lassen Sie einfach die Orks aus diesem Raum dann nach 4 und 1 wandern. Mehr dazu finden Sie auch in der Beschreibung zu Raum 4.

„Flackernd malt sich der Schein eines Lagerfeuers an den Wänden des Gangs ab. Das Knistern von Tannenholz im Feuer und der eigenwillige Geruch des Holzes, wenn es brennt, lassen euch keine Zweifel, was in der vor euch liegenden Höhle sein könnte. Die Grunzlaute und die gluturale Sprache einiger Orks deuten auf vier bis sechs ausgewachsene Orks hin. Noch ein anderer Geruch zieht an Euch vorbei. Es riecht nach einer Art Eintopf oder irgendetwas Ähnlichem.“

Wenn Sie wollen, dann platzieren Sie zu den erwachsenen Orks auch ein paar Kinder. Diese könnten dann von den Orks zeitig zur 4 gebracht werden.

Die Höhle ist nur schwer in ihrer gesamten Dimension zu erkennen. Ringsherum sind Spalten und Löcher;

eine Spalte scheint besonders tief. Wenn die Spieler die Chance haben, sie zu untersuchen, dann werden sie feststellen, daß es ein Gang ist, der nach ca. 10 Metern zugeschüttet ist. Es scheint, als ob die Orks den Gang absichtlich verschüttet haben. Auch wurde einiger Unrat dort angehäuft, und lange Äste und Stämme stützen die Barrikade.
Das Lagerfeuer ist in einer Feuergrube. Ein Kupferkessel hängt über dem Feuer und es kocht darin tatsächlich ein Eintopf. Er dürfte allerdings nicht dem Geschmack der Spielercharaktere entsprechen, sondern ist nach Orkmanier angerichtet.
Rund um das Feuer sind Schlafstellen (bis zu 6 Stück) und es finden sich Holzlöffel, kleinere Messer mit teilweise auf wenige Zentimeter schon herunter geschleiften Klingen. Auch kann grobgeschnitztes Kinderspielzeug des Nachwuchses der Orks hier herumliegen. Des Weiteren findet sich in einer Spalte eine stattliche Anzahl von 16 Speeren (leichte). Die Spitzen sind orkisch gefertigte Eisenklingen. Sie sehen stark gebraucht aus. Ein Stapel mit Tannenholz ist in der nordöstlichen Gegend des Raums.

Raum 6
Pilzhöhle

„Es stinkt nach faulem Wasser. Aber da ist noch etwas – ein feiner, beißender Geruch. Der Boden scheint feucht. Die Höhle ist grob in den Fels geschlagen, und die nordöstliche Wand hat unzählige, natürliche Spalten. Zur Rechten und Linken gähnen dunkle Öffnungen.

Aus der Linken könnt Ihr Geräusche hören.“

Die Geräusche, die von links kommen, stammen aus dem Raum 5. Mit einem einfachen Manöver können diese erkannt werden. Sollten sie allerdings von dort kommen oder die Orks aus 5 schon nach 4 gewandert sein, passen Sie die Beschreibung entsprechend an.

Der Raum wird von den Orks als ständiger Verbindungsraum genutzt und stark frequentiert. Da er niedriger als alle anderen Räume liegt (knapp 20cm), sammelt sich hier das Wasser. Die letzten Regenschauer haben große Pfützen hinterlassen. Und das Wasser hat auch Erdreich mit in die Steinhöhle gespült. Daher findet sich nicht nur Schlamm auf dem Boden, sondern auch Moos und bereits fauliges Wasser.

Effekte

Passen Sie die Effekte ruhig an die jeweilige Situation an. Vergessen Sie nicht, daß dies ein Einführungsabenteuer ist und die Spieler es auch so schon schwer genug haben. Im Zweifel war die Konzentration gerade geringer als üblich und die Effekte deuteten sich nur an. Oder aber der SC konnte in letzter Sekunde resistieren.

Es gibt an der nordöstlichen Wand einen natürlichen Spalt, der zumindest höhere Wasserstände vermeidet und wie ein Abfluss wirkt. Allerdings bleibt immer etwas Wasser zurück. Das Ganze stinkt erbärmlich, und die eine oder andere Urinlache einer Wache dürfte das Problem verstärkt haben. Folglich hält sich niemand zu lange hier auf, und es findet sich auch sonst nichts hier. Allerdings gibt es eine Besonderheit – die übrigens auch dafür sorgt, daß niemand zu lange in dieser Höhle bleibt. Ein betäubendes Gas kommt aus einer der Spalten. Dieses ist die Absonderung von Pilzen, die in den Spalten wachsen – die meisten in der großen Spalte, die auch der Abfluss ist – und dort ist die Konzentration auch am höchsten. Wer länger als 3 Minuten in der Höhle ist oder länger als eine Minute direkt an der großen Spalte, muß gegen das Gas resistieren (Stufe 3) oder erleidet eine der folgenden Effekte. Würfeln Sie mit einem W10:

Ergebnis der Wurfs	Effekt
1 - 4	Starke Übelkeit und Schwindel (-10 auf alles)
5 - 6	Spontanes Übergeben (-30 auf alles während des Übergebens): Die Orks könnten das hören.
7 - 9	Benommen für 1W10 Runden (-50 auf alles).
10 +	Ohnmacht für 1W10 Minuten.

Wenn der Körper an der Stelle verbleibt, ist nach dem Zeitablauf eine erneute Überprüfung notwendig. Mißlingt diese abermals, dann ist für jeden Mißerfolg ein Punkt auf der Effekttabelle zu addieren (1W10+1 nach dem ersten Misserfolg, +2 nach dem zweiten, usw.).

Die Pilze haben aber nicht nur eine gefährliche Absonderung in Form des Gases, sondern auch einen durchaus positiven Effekt. Zerkleinert, gekocht und dann getrocknet und anschließend gerieben wirken sie schmerzlindernd und heilend (Heilungsrate wird vervierfacht für 1W10 Tage). Insgesamt lassen sich hier bis zu 3W10 Dosen sammeln. Nebeneffekt dieses so erzeugten Heilmittels ist auch die Verstärkung der sinnlichen Wahrnehmung in der Zeit (+5). Der sogenannte Haerner-Pilz wächst nur unter ganz bestimmten Umständen. Bislang ist es nicht gelungen diese Umstände zu erforschen und den Anbau zu kontrollieren. Der Haerner ist überaus selten. Die Kenntnisse über die Verarbeitung sind daher nur mit einem schweren Manöver möglich. Ein normales Manöver ist es aber, den Pilz zu erkennen und grob seine Eigenschaften zu wissen. Einmal gepflückt, sondert er nicht mehr die Gase ab.

Raum 7
Verbindungshöhle

„Die großzügig hohe Höhle von knapp 4m Breite hat im Nordosten einen Durchgang. Die Orks haben Steinstufen im Südwesten der Höhle geschlagen, die hinauf zu einer schweren Tür mit Eisenbeschlägen führt. Aus Nordosten kann man Klopfgeräusche hören.“

Das Klopfen ist das Arbeitsgeräusch eines Orks aus dem Raum 12. Das sollte die Spieler zum einen wieder vorsichtiger werden lassen und zum anderen von dem Gebiet der Räume 12,13 und 17 fern halten.
Die Stufen führen zu einer abgeschlossenen Tür, die den Weg zu den Räumen 8 und 9 versperrt, dem Bereich des Häuptlings. Der Häuptling hat die Räume von seinem Vorgänger geerbt, und der hatte die Tür von einem gefangenen Baumeister der Menschen fertigen lassen. Dieser ist aber bereits vor 8 Jahre gestorben. Etwa zur gleichen Zeit ist auch der vorherige Häuptling bei einem „Unfall“ gestorben. Er fiel rückwärts in ein Schwert und rollte dann noch vorwärts in einen Speer. Die Tür ist nur schwer aufzubrechen, was auch mit lauten Geräuschen verbunden wäre. Das Schloß ist durchaus gut, aber bei weitem nicht herausragend oder besonders anspruchsvoll. Eine schweres Manöver dürfte – entsprechendes Werkzeug vorausgesetzt – die Tür öffnen und damit den Weg zu den Räumen 8 und 9.

Raum 8
Häuptling

„Einem mit fauligen Teppichen ausgelegten Gang folgt eine Höhle von etwa 3 bis 4m Durchmesser. Zu Eurer Linken ist eine weitere stabile Tür. Sie ist offensichtlich gleicher Bauart. Die Höhle ist mit Fellen und Teppichen geschmacklos ausgelegt. Es riecht nach fauligen Essensresten und nach intensiven Körpergerüchen eines Orks, der – obwohl keiner zugegen ist – schwer in der Luft hängt. Einige Truhen und Kisten stehen in der Höhle, und Stoffe hängen, wenig dekorativ, an den Wänden. Ein Bett, bestehend aus einer Tür als Liegefläche und zwei Balken als Bettgestell, ist an der nördliche Wand.“

In den Kisten befinden sich Krimskrams aus Raubzügen und einige „Kostbarkeiten“. Unter anderem ein Silberlöffel, ein Pokal aus Messing, ein Trinkhorn und zwei Paar Lederstiefel (fast neu). Des Weiteren findet sich dort der Hut eines Gutsbesitzers und zwei seidene Hemden, sowie eine Schaumpfeife. Neben dem Bett liegt eine kleine versilberte Schatulle mit einer Muschelkette. In einer Kiste liegt ein Schrumpfkopf, der einem Goblin abgeschlagen wurde. Die wahrscheinlich vorher vorhandenen Ohr- und Nasenringe wurden gewaltsam angerissen.

Die Tür im Südosten führt zu Raum 9 und ist verschlossen. Das Schloß ist genauso schwer zu öffnen wie das in Raum 7. Allerdings läßt sich auch unter einem der Teppiche der Schlüssel finden.

Die Spieler sollten nach dem Betreten die Tür wieder hinter sich zuziehen. Denn sonst besteht natürlich eine hohe Wahrscheinlichkeit, von einer der Patrouillen bemerkt zu werden.

Raum 9
Beute

„Die kleine Höhle ist nur einen Meter breit. Aber in der Höhe von etwa 40cm ist sie vergrößert und mißt an die 2m. Auf der Erhöhung sind allerlei Sachen abgelegt, und eine kleine Truhe steht zwischen den Sachen. Dort stehen kleine Statuetten, bauchige Flaschen und Kästen.“

Hier bewahrt der Häuptling seinen Teil der Beute auf. Die Truhe ist unverschlossen und das Schloß ausgebrochen (wie sollte der ungeduldige Häuptling sonst an den Inhalt kommen, wenn nicht brachial?).
In der Truhe hat er alle Kleinteile von Wert für ihn gesammelt. Hier liegen eine Perlenkette, ein Federkiel, zwei Messingmuscheln und eine Silberkugel. Außerdem bewahrt er hier einige Münzen auf: 127 Muena und 22 Kupferlinge. In den Flaschen befindet sich Schnaps, von dem selbst Zwerge sagen würden, daß er blind machen kann. Die Statuette ist aus Marmor und eine Auftragsarbeit eines Adeligen gewesen – sie stellt seine Frau dar. Die Arbeit hat ihren Auftraggeber nie erreicht, der Bote fiel in die Hände einer kleineren Gruppe Orks. Ferner steht hier eine kleine Dose mit Tabak (fürchterlich schmeckend und völlig ausgetrocknet) und ein kleines Faß mit Bier (noch genießbar). Einen Kupferring und sieben kleine Eisenringe kann man auch noch finden… vermutlich gehörten sie mal einem unglücklichen Goblin (siehe Raum 8).

Raum 10
Grosse Höhle

Der Gang zu Raum 10 steigt stark an, und die dahinter liegenden Räume sind ungefähr 3,50m höher gelegen als die Räume 1 bis 7. Grob gehauene Stufen, die unregelmäßig hoch und breit sind, erleichtern die Überwindung des Höhenunterschieds.

„Vor Euch öffnet sich eine sicherlich 8m tiefe, 5m breite und 4m hohe Höhle. Es gibt überall Vorsprünge, Spalten und Klüfte, weshalb Ihr nur schwer alles erfassen könnt. In der Mitte glimmt ein Lagerfeuer, und ein paar einfache Kupfertöpfe stehen in der Glut. Etliche Lager liegen um das Feuer. Von rechts hört man Hämmern aus einer Nachbarhöhle. Von links meint Ihr, Orks sich unterhalten zu hören – auch aus einer benachbarten Höhle. Und geradeaus gibt es einen hohen Durchgang, dem sich direkt eine weitere Höhle anschließt. Aus dem Raum selbst hört Ihr das flache Atmen eines schlafenden Orks.“

Die Spieler sollten ohne große Schwierigkeiten an dem tief schlafenden und stark betrunkenen Ork vorbeikommen. Wenn sie sich ihm nähern, dann können sie auch die Alkoholfahne des Orks riechen.

Man kann hier allerlei Sachen der Orks sehen: Schwerter, Speere, Kochlöffel, Töpfe, löchrige Decken, kleine Messer und sogar ein Haufen mit toten Kröten. Die Spieler sollten aber das Gefühl haben, daß jeder längere Aufenthalt hier mit der Gefahr der Entdeckung einhergeht. Sie können nun die Spieler in Richtung Raum 14 treiben. Lassen Sie aus Raum 7 die Patrouille sich laut nähern. Aus Raum 11 können Sie die Unterhaltung einiger Orks lauter werden lassen. Der Durchgang zu Raum 11 ist mit dicken Flickenvorhängen verschlossen. Der kleine Gang, der zu Raum 12 und 13 führt, ist mit dem Hämmern (Schmiedehammer) und ab und an den Geräuschen sich unterhaltender Orks sicherlich auch nicht besonders einladend. Raum 14 hingegen ist einsichtig. Beschreiben Sie ruhig vorab den Raum 14 grob, und berichten Sie vor allem von den vielen Möglichkeiten, sich dort zu verbergen.

Raum 11
Jäger

Hinter dem Vorhang befindet sich das Lager von sechs Orks, und drei Orks unterhalten sich hier. Zwei davon sind Frauen, und der dritte ist noch sehr jung. In einer Ecke sind acht Speere angelehnt. Außerdem liegen hier ein Seil von 12m und ein 20m-Seil. Zu finden gibt es sonst noch eine Kette mit Eberfängen und ein Hirschgeweih, ein Kamm aus Horn, eine Flasche mit gegorenem Beerensaft, eine Schüssel mit Kastanien und ein Dolch mit gezackter Klinge. Dieser Raum sollte von den Spielern nicht betreten werden. Treiben Sie die Spieler an ihm vorbei (siehe Raum 10). Falls die Spieler dennoch hinein kommen, dann können Sie folgendes vorlesen (oder den Text entsprechend an ihre Situation anpassen):

„Kaum habt Ihr den schweren Vorhang beiseite geschoben, da könnt Ihr die erstaunt aufblickenden Orks sehen. Ein weiblicher Ork zieht einen Dolch und stellt sich Euch in den Weg. Ein anderer weiblicher Ork eilt zu einem Haufen Speere und ergreift einen, ein vielleicht 12 Jahre junger Ork brüllt aus voller Lunge: Alarm!“

Raum 12 und 13
Schmiede

„Das Hämmern ist kurz vorher verklungen, aber Ihr könnt leicht erraten, daß es Arbeitsgeräusche dieser Schmiede waren. Die Schmiede ist in einer sich rechts von Euch öffnenden Höhle. In einer halbverdeckten Ecke der fast 6m langen Höhle ist noch die volle Glut. In ihrem Schimmer kann man einen Ork erkennen, der in dem hinteren Teil ein paar Schwerter sortiert. Ein junger Ork geht ihm dabei zur Hand. Ketten, Eisenringe und Speerspitzen sind hier aufgehäuft neben großen Stapeln von Holzscheiten. Einige schwere Eimer mit Wasser stehen in der Höhle, und Wasserlachen sind auf dem Boden. Zur Linken öffnet sich eine andere kreisrunde, 4m breite Höhle. In ihr ist das Lager von mindestens sechs Orks. Doch die Schlafstätten sind leer. An der nordöstlichen Seite befindet sich eine einfache Tür, auf die mit roten Zeichen gekrickelt worden ist. Davor sitzt auf dem Boden eine Wache der Orks. Der Kopf ist nach unten geneigt, und in den Armen hält er fest einen großen Speer. Er scheint eingeschlafen zu sein.“

Die Orks haben die Spieler bisher nicht entdeckt, sofern sie nicht lautstark unterwegs sind. Wenn doch, dann passen Sie den Text Ihrer Situation an. Falls es zum Kampf kommt, braucht die Wache nicht mehr als eine Runde, um auf die Beine zu kommen, und der Schmied ist ein furchtbarer Gegner. Sein junger Gehilfe wird auch kämpfen.
Wenn die Spieler vorsichtig vorgehen, dann können sie sicherlich einige Runden die Szene beobachten, bevor der Schmied seine Arbeit beendet und sich umdreht. Das können Sie ankündigen, in dem Sie darauf hinweisen, daß der Schmied nach der Einschätzung der SC die Arbeiten jeden Moment beendet haben wird.

Die Tür in der linken Höhle ist einfach und führt zu Raum 17. Sie ist unverschlossen. Und die mit Blut auf die Tür geschmierten Zeichen sind orkische Flüche. Diese sollen Orks davon abhalten, den Raum 17 zu betreten. Tatsächlich sind sie aber gänzlich unwirksam, es fehlt ihnen an jeder Magie. Gegenüber den anderen Orks spielt das aber keine Rolle: Sie lassen sich von dem Zeichen abhalten. Einzig der General und der Häuptling haben keinerlei Respekt vor den Flüchen.

In der Schmiede finden sich neben den Gegenständen aus dem Erzähltext auch Schmiedewerkzeug, wie Hämmer, Zangen und Eisenstangen, usw. Die Schlafstätten verbergen nichts Besonderes. Ihre Bewohner haben alles Wertvolle mit auf die Reise genommen.

Raum 14 Schlafstellen

„Diese Höhle ist die Lagerstätte von vier Orks. Eine Gasse führt durch die leeren Schlafplätze hin zu zwei Türen. Spalten und Felsvorsprünge können leicht einen ganzen Mann verbergen. Die Türen im Nordosten und Nordwesten sind geschlossen. Die im Nordosten ist nur im unteren Bereich aus Holz gefertigt – darüber sind dicke Vorhänge aus Flickwerk. Das Holz ist kunstvoll mit bäuerlichen Ornamenten versehen, aber die Tür wurde aus den Angeln gerissen und der obere Teil zerstört. Die jetzigen Scharniere wurden nachträglich angebracht, stümperhaft befestigt und mit einem Holzrahmen verbunden. Die Tür auf der linken Seite hingegen ist noch in einem Stück. Und eine Zeichnung, die offensichtlich von einem Kind stammt, ist noch blaß darauf zu erkennen. Kinderfinger haben das Bild bunt vor vielen Jahren hervorgebracht. Auch diese Tür stammte ursprünglich aus einem Bauernhaus. Die nachträglich hier angebrachten Scharniere sind mit einfachen Holzrahmen verbunden. Das Bild geht über die Scharniere hinaus bis in den Rahmen hinein.“

Die ausgezogenen Krieger des Stammes, die hier ihre Schlafstellen haben, nahmen alles Interessante von Wert mit; größere Gegenstände sind grundsätzlich der Anteil an der Beute, der dem Häuptling zusteht.

Nutzen Sie diesen Raum, um die Spieler in die richtige Richtung zu lenken. Versperren Sie jeden Rückweg durch auftauchende Orks in der 10. Aber machen Sie es den Spielern leicht, sich in der 14 zu verstecken.

Dann bleibt den Spielern nur der Weg nach 15 oder 16. Wenn Sie die Spieler so immer wieder zur Vorsicht mahnen, dann werden sie wahrscheinlich die 16 wenn überhaupt, dann nur mit Bedacht ausspähen. Dort sollten Sie deutliche Hinweise auf den Orkgeneral geben und dessen gewaltige Kampfstärke und Erfahrung. Nutzen Sie Geräusche und kleine Details, um darauf hinzuweisen. Hinweise dazu finden Sie in der Beschreibung zu Raum 16.

Weder die Türe nach 15 noch die nach 16 ist versperrt.

Raum 15 Gemach der Prinzessin

„Ihr kommt richtig ins Stolpern bei Euren Bewegungen, als Ihr das Mädchen seht, daß Euch mit großen, strahlend grünen Augen erschrocken anblickt. Sie wäre sicherlich hübsch anzusehen, wenn nicht die Kleidung so absonderlich aussähe. Sie trägt ein höfisches Kleid, was zweifelsohne einmal prächtig gewesen ist, aber was verfleckt und mehrfach bunt geflickt ist. Außerdem ist es weit aus der Mode und stünde eher eine Großmutter

zu Gesicht. Sie trägt ihr helles Haar mit Kaninchenknochen zusammengesteckt und orkische Schminkkunst verunstaltet ihr Gesicht. Am Hals trägt sie eine Eberzahnkette mit einem nicht dazu passenden goldenen Anhänger. Doch wesentlich auffälliger ist das seltsam geformte Mal an ihrem Unterarm. Kein Zweifel: Ihr habt die verlorene Tochter gefunden. Zunächst herrscht unheimliches Schweigen."

Wenn die Spieler sich undiplomatisch verhalten (siehe unten die Auswahl an möglichen Lösungswegen), dann wird sie plötzlich aufschreien. Für sie sind die SC Eindringlinge, Feinde des Stammes.

Im Raum befinden sich stark mitgenommene Möbel. Urzak hat seiner „Tochter" (Tara) aber alles besorgt, was er bekommen konnte. Sie hat ein Bett, einen schiefen Schrank und eine Truhe mit zerbrochenem Schloß. Auf einem Sims finden sich Spielsachen, denen man die Zeit ansehen kann, die teils orkischer und teils menschlicher Herkunft sind. In einer Schatulle bewahrt sie Ketten auf, die allesamt für die SC geschmacklos oder sogar widerwärtig sein müßten. Eine besteht sogar aus kleinen Knochenschädeln – wahrscheinlich von Kleintieren, wie Eichhörnchen und Singvögel. Es gibt auch einige Wechselsachen. Allesamt sind mehrfach geflickt und nur schlecht gereinigt. Sie besitzt kein Geld.

Raum 16
Urzak

„Alle Eure Blicke fixieren sich auf den hünenhaften Ork. Sein Körper ist bedeckt mit alten Narben und sein schartiges Ohr zeigt einen großen, verzierten Goldring. An seinen Armen trägt er Schienen mit kleinen Spitzen mit Widerhaken, und an seiner Kniescheibe sind metallende Scheiben. Darüber trägt er einen Lendenschurz, und ein Kettenpanzer bedeckt das obere Viertel zwischen den Beinen. Ein breiter Gürtel, der sicherlich vorher von einem Oger getragen wurde und für diese Kampfmaschine von einem Ork zurecht gearbeitet wurde, liegt um seine Taille. Sein Oberkörper ist frei, nur ein Waffenledergürtel läuft straff von der rechten unteren Seite hoch bis zur linken Schulter, wird dort von einer Schutzplatte bedeckt und läuft dann weiter bis auf den Rücken, wo sich wahrscheinlich die Schwertscheide befindet. Ein mächtiges Schwert schielt gefährlich über seine Schulter. Doch am meisten bannt Euch sein Gesicht: Eine breite Nase, über die quer eine Narbe bis zum Haaransatz verläuft, und ein pigmentfleckiges Gesicht, das blass und matt in dunkel- bis hellgrün scheint. Nur sein Gesicht verrät das hohe Alter – der Körper ist gestählt, als stünde dieser Ork in seinen besten Jahren. Doch in seinen Augen liegt ein unergründliches Schimmern. Ein Flackern, was Euch aufhorchen läßt. Irgendetwas an ihm ist anders. Er steht stämmig und angespannt in seiner Höhle, und in einer Ecke glimmt ein Lagerfeuer in einem natürlichen Kamin. Die restliche Einrichtung ist typisch Ork, so weit Ihr dies beurteilen könnt. Nur eines ist auffallend: Ein Banner mit tiefroter Farbe und einem Fußabdruck in schwarz darauf hängt – fast schon stolz – an einer Wand. Auf der Euch gegenüberliegenden Seite ist ein beachtliches Arsenal an unterschiedlichsten Waffen und ein großer Rundschild mit Stacheln bewehrt.
Doch der bedrohliche Ork greift Euch nicht an. Ihr könnt zwar erkennen, wie jede Sehne und jeder Muskel seines Körpers unter Spannung steht, doch irgendetwas läßt ihn zögern."

Komik

Ihr Abend muss nicht von Spannung und Dramatik diktiert sein: Ein wenig Komik und der ein oder andere Slapstick sind durchaus förderlich für eine erinnerungswürdige Sitzung. Im Abenteuer finden Sie daher einige Möglichkeiten, die Spieler dahin zu führen. Allerdings sollten Sie es nicht übertreiben. Die Spieler wollen keine Clowns spielen, sondern eine gute Geschichte erleben. Da gehört Komik hinein – aber auch Spannung, Dramatik, Trauer und Freude… die Mischung macht es eben aus. Gehen Sie mit der Komik am Anfang sehr vorsichtig um. Denn es kann öfter mal auch zur unfreiwilligen Komik situationsbedingt kommen.

Urzak ist bei weitem der stärkste Ork in diesem Landstrich und ein mehr als schwerer Gegner. Er ist erfahren und brutal im Kampf. Seine Widerstandskraft, seine Ausdauer und seine Fähigkeit, selbst schwer verwundet noch zu kämpfen, sind legendär unter den Orks. Trotz seines Alters ist er gefährlicher als viele andere. Ein Kampf mit Urzak sollte in jedem Fall vermieden werden.

Allerdings ist es bei Urzak auch am einfachsten, eine gewaltlose Lösung zu erreichen. Er hat jahrelang unter dem Einfluss seiner Ziehtochter gelebt und hat ein weiches Herz bekommen. Für sie ist er bereit, sein eigenes Volk zu verraten! Und er will das Beste für sie.

Mehr dazu unter „Eine Auswahl von Lösungen“.

Im Raum gibt es einige Sachen von Wert. Neben der beachtlichen Sammlung orkischer Waffen, von denen einige von recht kunstfertigen Schmieden erstellt wurden und die die üblichen Orkwaffen weit übertreffen, finden sich auch Münzen, ein Beutel mit Heilkräutern und eine Kiste mit Kostbarkeiten aus seinen Raubzügen. Urzak hat einmal einen Riesen erschlagen, seine größte Tat, und er hat in der Kiste die Zähne des Giganten aufbewahrt.

- Orkischer Krummsäbel
- Orkisches Langschwert
- Orkische Langaxt
- Orkischer Wurfspeer
- 78 Muena
- 2 Trionthaler
- 6 Zähne eines Riesen
- Beutel mit 7 Dosen Ulangakraut
- 1 Zinnkrug
- 2 Silberdolche
- 1 Kupferring

Seiner Ziehtochter wird er seine ganzen Münzen und auch die Riesenzähne als Tauschobjekt mitgeben. Des Weiteren gibt er ihr auch den Beutel mit Ulangakraut.

Wenn seine Ziehtochter sich bemerkbar macht und Hilfe zu brauchen scheint, wird er der erste Ork sein, der mit schnellen Schritten bei ihr ist. Alle anderen Orks wird er zurückhalten; insbesondere, wenn es nach einer „Geiselnahme“ aussieht.

Urzak

Größe:	M
Trefferpunkte:	125
RK (DB):	5 (10)
Stufe:	9
Erster Angriff:	107 Wa(ffe)*

(*Schwert)

Raum 17
Schamane

Hinweis: Wägen Sie gut ab, ob Iurgor der Schamane zugegen ist oder nicht. Falls er unterwegs ist, dann wird er seine größten Kostbarkeiten mit dabei haben, denn er vertraut niemandem. Wenn er dort ist, dann wird er nichts herausgeben und seinen ganzen bösartigen Haß ausspielen. Er ist ein fürchterlicher Feind. Und er selbst fürchtet nur den Häuptling; selbst vor Urzak hat er keine Angst, er respektiert ihn nur.

„Die Höhle vor Euch ist verqualmt, und der Geruch von Kräutern liegt streng in der Luft. Überall sind kleine Felsvorsprünge in den Wänden und Gefäße mit

Diplomatie

Die Überprüfung des Gelingens der diplomatischen Bemühungen der SC ist sicherlich ein heikles Unterfangen. Denn auf der einen Seite soll die Fertigkeit der SC einfließen, aber auch das Verhalten der SC und die Mühen der Spieler. Sie müssen dabei das Gleichgewicht finden. Im Folgenden daher ein Vorschlag:

Sehr gute Argumente	+ 50
Gute Argumente	+ 25
Für jeden verschonten Ork	+ 10
Für jeden getöteten Ork	- 10
Für jeden getöteten Ork ohne Grund	- 25
Für jeden getöteten unbewaffneten Ork	- 50

In jedem Fall müssen die SC Zeit dafür aufwenden. Die SC können sich dabei nicht unterstützen. Der SC mit dem höchsten Fertigkeitswert führt den Wurf durch.

Urzak spricht übrigens neben Orkisch auch die Gemeinsprache recht flüssig, so daß einer Verhandlung keine Sprachbarrieren im Wege stehen. Ob Sie der Prinzessin zu Anfang gleiches zugestehen, ist eine andere Frage. Beachten Sie dazu die Hinweise bei der Beschreibung des Nichtspielercharakters (NSC) der Orkprinzessin.

eigenartigem Inhalt stehen herum. Kräuter hängen von der Decke, und getötete Tiere, anscheinend zu rituellen Zwecken, finden sich überall in der Höhle. Ihr seht tote Frösche, erwürgte Vögel und sezierte Fledermäuse; Augäpfel und Knochen, Flaschen mit Blut und Schalen mit Hirnmasse stehen bizarr umher. Neben einem Werktisch, auf dem das grausige Werk wohl vollbracht wird, steht ein Stuhl aus stämmigem Holz mit einer hohen Lehne. Ein Fell liegt darauf, und auf ihm sitzt ein fettleibiger Ork. Ein großer Knochen ist durch seine Nase gezogen, und etliche Narben, die er sich selbst beigebracht hat, verunstalten die Arme. Um seinen Hals hängen abstoßende Dinge wie Hühnerköpfe und ausgerissene Flügel von Singvögeln. Mit Blut geschriebene Runen bedecken seinen Oberkörper. Sie sind gefährlich drohend mit weißer Farbe konturiert. Er funkelt Euch böse an. Keine Angst zeigt er, und Ihr vermutet hohe Magie an ihm. Er muß so etwas wie ein Schamane sein, und bereits gewirkte Zauber liegen zwischen Euch und seinem grausamen Lachen."

Es gibt zwei Möglichkeiten, dem Schamanen zu begegnen:

Wenn die SC als gewaltsame Eindringlinge ihm begegnen, dann wird er alle Register ziehen und zunächst sich selbst schützen. Dann aber trachtet er nach der Vernichtung der SC. Er wird nicht zögern, alle Orks in den Tod zu schicken, mag das Glück noch so sehr auf der Seite der SC sein. Flucht ist für ihn nur in allerletzter Konsequenz denkbar.

Die SC könnten aber Iurgor auch erst später begegnen und bereits diplomatisch erfolgreich gewesen sein. Dann könnten sie „Freunde" von Urzak sein. Daraufhin wird es komplizierter: Urzak wird den freien Abzug der SC und seiner Tochter Tara wollen. Iurgor will hingegen das Beste für sich und den Häuptling. Tara muß bleiben, sie ist das Eintrittsgeld des Stammes und unentbehrlich. Wenn Urzak schon so weit gegangen ist, dann wird er nun auch den letzten Schritt machen und sich vollends zu seiner Tara bekennen. Er wird auf seiner Position beharren und sich gegen den Schamanen durchsetzen. Iurgor fühlt sich gedemütigt und nennt Urzak „Verräter", „Menschenfreund" und tituliert ihn mit orkischen Schimpfwörtern, wie „Aros Futter" oder „verschmähter Liebhaber einer häßlichen Goblinfrau". Sobald der Häuptling zurück ist, wird er Urzak des Verrats anklagen und die Verfolgung der SC und die Rückholung Taras anstreben.

Wenn er bei den Verhandlungen zu sehr in Bedrängnis gerät - zum Beispiel weil alle anderen auf der Seite Urzaks scheinen, wird er ein falsches Spiel treiben und Urzak zustimmen, um ihm später, sobald der Häuptling zurück ist, in den Rücken zu fallen.
Wenn die SC sich in den Streit zwischen Urzak und Iurgor einmischen, dann ist auch ein anderer Ausgang möglich, bis hin zu einem Kampf unter den Orks; Iurgor und seine Gefolgsleute gegen die SC, Urazk und ein paar Getreue Urzaks. Auch wenn der Schamane und seine Anhänger dabei sterben - sobald der Häuptling zurück ist, ändert sich das Kräfteverhältnis zu Ungunsten Urzaks. Selbst die Orks, die an Urzaks Seite gekämpft haben, werden ihm nun in den Rücken fallen, und man wird sofort die SC verfolgen.

In jedem Fall hat Iurgor Zauber gewirkt, die ihn schützen und andere schwächen:

- Aura: Dauer 30 Minuten, -10 auf alle Angriffe, die gegen Iurgor geführt werden, da ihn eine leuchtende Aura umgibt, die ihn mächtiger erscheinen lässt. (*Rolemaster Grundregelwerk, S. 190*)
- Segen I: 3 Minuten lang erhält Iurgor einen Bonus von +5 auf seinen DB. (*Rolemaster Grundregelwerk, S.198*)
- Lichtbarriere II: Eine Lichtbarriere mit einer Größe von 6mx6mx3cm verhindert den Blick auf Iurgor, da sie Licht nicht durchqueren kann. Sie hält 3 Minuten. Sollte sie Iurgor selbst behindern, wird er sie vorher auflösen. (*Rolemaster Grundregelwerk, S.187*)

Wenn Urzak der neue „Freund" der SC ist und die SC das dem Schamanen entgegenhalten, dann verwenden Sie diesen Text (zusätzlich):

„Als der Schamane Urzak erblickt, erstickt das Lachen und er reißt erschrocken die Augen auf. Er stößt ärgerlich ein paar Laute aus, die offensichtlich orkisch sind und unfreundlich. Auch Urzak scheint nicht sonderlich freundlich."

Wenn es zum Kampf kommt, dann wird Iurgor folgende Sprüche probieren (und nach Kämpfern rufen):

- Beschwörung III: Riesen Ameisenkrieger Stufe 2, 6 Runden (verdoppelt) (*Rolemaster Grundregelwerk, S. 197*)

Riesen Ameisenkrieger

Größe:	K
Trefferpunkte:	40
RK (DB):	19 (40)
Stufe:	2
Erster Angriff:	35MZa100

Ameise ist 60 bis 90 cm lang.
(Rolemaster Grundregelwerk, S. 180)

Er hat dafür noch 18 Magiepunkte. Die wird er vollends aufbrauchen, bevor er zur Waffe greift:

Iurgor

Größe:	M
Trefferpunkte:	43
RK (DB):	2 (5)
Stufe:	3
Erster Angriff:	12 Wa(ffe)*

(*Ritualdolch)

In dem Raum ist nichts, was die Spieler gebrauchen könnten. Aber in einer Ecke findet sich unter einer Steinplatte ein Hohlraum. Darin verwahrt Iurgor die Bezahlungen, die er für seine Dienste erhalten hat. Insgesamt sind es rund 24 Muena und zwei Saphire im Wert von 6 Trionthaler jeweils und ein Goldfalke.

Eine Auswahl von möglichen Lösungswegen

Zunächst kann die Prinzessin Elisera mit Gewalt den Orks entrissen werden. Doch dann wird es schwer, sie davon zu überzeugen, mitzukommen. In dem Fall könnte sie aber noch mit Indaras Liebestrank an Finn gebunden werden (oder sonst wen, der Zufall ist aber von Ihnen abhängig – wählen Sie daher am besten einen SC aus, denn alles andere ist sehr problematisch). Dies kann durchaus zu höchst amüsanten Stunden führen, wenn sie liebestoll und völlig überschwänglich ständig an ihm klebt (und ihn auch durchaus so in Gefahr bringt). Dabei ist die Wirkung des Tranks so extrem, daß der Begünstigte keineswegs daran Spaß hat, sondern eher genervt und peinlich berührt ist. Dabei kann man an plötzliche Liebesprosa oder Lieder denken (und wer sagt, daß die Prinzessin gut singen kann?). Sie will immer seine Hand halten und sein Kopfhaar durchstreichen. Der Trank macht aus seinem Opfer einen liebestrunkenen Irren, kein besessenes Sexmonster oder ähnliches. Zum Glück hält die Wirkung des Tranks nur wenige Tage und sollte spätestens kurz vor Leet verflogen sein. Die Spieler können auch heimlich die Prinzessin entführen. Sie werden dann mit Erstaunen feststellen, daß sie nicht so ohne weiteres mitkommen möchte. Dann können die Spieler alles aufklären oder aber – vielleicht weil die Zeit dazu in dem Moment fehlt – den Trank benutzen. Diese Lösung könnte sich auch in eine diplomatische wandeln. Die Übergänge können fließend sein.

Wenn die Spieler sich auf Diplomatie versuchen, wird Urzak nach einigem guten Zureden seine Tochter Tara gehen lassen. Aber erst dann, wenn er sich für seine Taten entschuldigt und seine Lüge über ihre Herkunft gebeichtet hat. Er wird ihr mit Tränen in den Augen Glück wünschen. Er könnte es nicht mit ansehen, wenn sie unglücklich mit dem Orkkönig leben müsste. Sie können – bei außerordentlich gutem Spiel der Spieler – auch Urzak noch die Verfolger aufhalten lassen. Zumindest so weit, daß sie zunächst Melaka alleine stellen können, ohne auch noch von den Verfolgern bedrängt zu werden. Die anderen Orks aus dem Stamm werden die SC mit der Prinzessin dann ziehen lassen. Die Prinzessin möchte auch vor der unliebsamen Heirat mit dem Orkkönig fliehen.

Bedenken Sie aber immer dabei, daß - wenn die Spieler bereits Orks verletzt oder sogar getötet haben - die Diplomatie auch immer schwieriger wird.

Jede Lösung mit Kampf kann jederzeit in eine diplomatische gewandelt werden. Achten Sie auf Möglichkeiten und Chancen; kurze Momente im Kampf könnten für einen Waffenstillstand zum Anlaß genommen werden: Die Orks haben grundsätzlich Interesse an einer Verhandlung, denn die meisten Krieger sind nicht da, und Kinder und Frauen müssen geschützt werden. Selbst wenn sie gerade gewinnen und es aussieht, als ob sie die SC töten könnten, wird Urzak die Weisheit besitzen, um zu wissen, daß Menschen und Elfen Magie haben könnten, die sie länger aushalten läßt als Orks. Und er wird fürchten, daß noch mehr von „denen“ da draußen sind (wer sollte so verrückt sein, mit so wenigen in einen Orkstamm einzufallen?). Schließlich könnten die Spieler auch Geiseln nehmen und so eine Verhandlung erzwingen, oder die Orks nehmen einen SC gefangen, und Urzak kommt selbst auf die Idee, daß er seine Ziehtochter so in Sicherheit bringen kann. Es gibt somit genügend Gründe selbst für die Orks die Kämpfe für Verhandlungen abzubrechen und diplomatisch vorzugehen. Achten Sie aber darauf, daß es umso schwerer ist, je mehr Schaden die SC schon angerichtet haben. Werfen Sie den Schamanen nur im Notfall ins Gefecht. Denn er ist ein überaus gewaltiger und böser Gegner, der auch Verhandlungen meiden würde. Sie können das Abenteuer auch so anpassen, daß der Schamane gerade unterwegs ist – entweder Kräuter sammeln oder mit dem Häuptling zusammen ist. Die nachfolgende Verfolgung ist schwer, und die SC brauchen noch gut etwas an Kraft, um sie zu überstehen. Es ist ein erstes Abenteuer, und Sie sollten vorsichtig vorgehen. Für die SC folgen sicherlich noch viele, sehr tödliche Abenteuer.

IV

Auf der Flucht

Der letzte Abschnitt des Abenteuers hat es in sich. Gleich welchen Lösungsweg die SC eingeschlagen haben: Es wird zu einer rasanten Flucht kommen. Denn der Orkhäuptling kehrt vom Orkkönig zurück, um die Prinzessin zu holen. Nach erfolgreichen Verhandlungen ist der Stamm dem Bündnis beigetreten und kann seine Stellung innerhalb des Bündnisses durch diese „Mitgift" verbessern. Selbst wenn die SC mit der Zustimmung von Urzak die Prinzessin mit sich nehmen – sein Wort wird in dieser Situation nicht mehr reichen. Der Häuptling sieht die Prinzessin als minderwertiges menschliches Eigentum des Stammes an und teilt nicht die Gefühle von Urzak (und den meisten anderen im Stamm). Er wird den gnadenlosen Befehl geben, die SC zu jagen und die Prinzessin zurückzuholen. Dabei sind die Orks sehr schnell in dem Gelände unterwegs. Einzig die Spurensuche läßt die Verfolgung manchmal stocken. Aber im Schnee wird es für die SC ein Schweres, die Spuren noch zu verbergen. In der Enge kann es zum schrecklichen Höhepunkt kommen – insbesondere wenn die Melaka noch lebt und halbwegs wieder regeneriert ist. Dann ist der glitschige Untergrund der Helka-Enge ein tödliches Gebiet. Erlauben Sie den Spielern einen Vorsprung durch kluges Vorgehen herauszuholen. Wenn sie ihre Spuren gut verwischen und sich klug anstellen, dann können sie zunächst die Melaka einzeln stellen und dann die Enge zur ihrem Vorteil gegen die Verfolger nutzen. Machen die Spieler hingegen viele Fehler und sind nachlässig, dann kommt es in der Enge zum verzwickten Showdown. Die Spieler müssen alle Kräfte aufwenden, um lebend diesen Abschnitt zu absolvieren. Die Ressourcen können hier letztlich komplett aufgebraucht werden, so daß nach dem Abenteuer eine Auffüllung mittels der Beute passiert. In jedem Fall stehen die Spieler aber nach dem Abenteuer besser als vorher: Sie haben mehr Vermögen, Erfahrung und eine Menge Spaß. Doch bis es so weit ist, gilt es noch die Flucht zu überstehen. Scheuen Sie sich nicht, Hinweise auf eine Verfolgung fallen zu lassen, falls die Spieler sich in Sicherheit wiegen. Vielleicht sagt die Orkprinzessin etwas darüber, wie

„Der Häuptling wird bald zurückkehren und die Verfolgung aufnehmen. Ich bin dem Orkkönig versprochen."

Die Verfolger bestehen aus sechs kampferprobten Orks. Natürlich sind auch die von der Verfolgung erschöpft. Insbesondere, da sie direkt von der Rückkehr einer längeren Reise auf die Jagd geschickt worden sind. Werfen Sie dies zum Vorteil der Spieler nach eigenem Ermessen ins Gefecht. Erzählen Sie den Spielern, daß die Orks erschöpft von dem Aufstieg scheinen und nach wenigen Schlägen um Luft ringen.

Sollten bei dem Kampf mit den Orks vier der sechs Orks fallen, dann werden sie die Flucht ergreifen und dem Häuptling ihr Versagen beichten. Sollte keiner überleben, wird der Häuptling spätestens nach einer Woche von dem Versagen ausgehen.

Elisera (Tara) wird es nicht über sich bringen, gegen einen der Orks zu kämpfen, außer sie selbst oder ihr Ziehvater Urzak würden angegriffen. Sie will zwar nicht zum Orkkönig, das bedeutet aber nicht, daß sie einen aus ihrer „Familie" töten oder verletzen würde. Auch die Verfolger werden nicht Tara angreifen und verletzen; sie würden sie aber mit Gewalt zurückbringen. Sie brauchen sie lebend.

Vertiefungshinweis: Beachten Sie zum Thema Verfolgung im *Rolemaster Grundregelwerk Abschnitt 22, Seite 83.*

Ork (Verfolger)

Größe:	M
Trefferpunkte:	35
RK (DB):	5 (10)
Stufe:	3
Erster Angriff:	25Wa(ffe)*

(*Schwert/Bogen)

Ende

Es ist geschafft. Die SC kehren (hoffentlich alle) halbwegs wohlbehalten und vor allem mit der Prinzessin nach Leet zurück. Eine mögliche Bezauberung der Prinzessin dürfte auch mittlerweile verflogen sein. Nach einer längeren Erklärung wird sie dann auch aus den oben genannten Motiven mitgekommen sein. Mit Spannung wird sie dem Moment entgegenfiebern, endlich ihren wahren Vater kennenzulernen. Mit jedem Schritt nach der Enge, den die SC nach Leet machen, wird sie zusehends nervöser und aufgeregter. Sie wird viele Fragen über die „Menschen" stellen. Und schließlich, wenn sie in Sichtweite von Leet sind, wird sie Angst vor dem Unbekannten bekommen. Was, wenn sie wie eine Ausgestoßene ist? Wie eine Aussätzige? Was werden die „Menschen" von ihr denken, da sie von Orks großgezogen wurde? Sie hat schon Probleme damit, daß sie Elisera heißen soll und nicht mehr Tara. An diesen Namen wird sie sich nie gewöhnen. Und wenn ihr das schon so schwer fällt, wie groß ist dann erst die Aufgabe, alles andere zu verstehen und zu akzeptieren. Diese Gedanken werden sie beschleichen und die Angst wird in ihr aufsteigen. Sie hat auch Sehnsucht nach ihrem Ziehvater und den orkischen Freunden. Aber mit ein paar guten Worten und etwas zugesprochenen Mut wird sie tapfer einen Schritt nach den anderen auf ihre alte, neue Heimat zugehen. Wenn die SC dann endlich das Gasthaus betreten, wird am Tisch der niedergeschlagene Fürst sitzen. Er wird - wie schon seit Tagen – beim Türöffnen sofort hinblicken. Und er rechnet schon wieder mit einer Enttäuschung. Deshalb kann man in seinem Gesicht die ehrliche Freude wie in einem offenen Buch ablesen. Er wird aufspringen, den Stuhl umwerfen und zur Tür stürmen. Einen halben Meter vor seiner Tochter wird er stehen bleiben und sie von oben bis unten ungläubig mustern. Bei ihr wird kurz die Angst wieder zurückkehren. Aber dann schließt er sie in die Arme und wird schluchzend immer „Mein Kind, mein Kind“ weinen. Im ganzen Gasthaus werden die Gäste gerührt aufsehen. Eine Händlerfrau wird aufstehen und anfangen zu klatschen. Die anderen Gäste werden alle – einer nach dem anderen – es ihr nachtun. Schließlich haben viele der Gäste mit dem Fürsten gebangt und von seinem Schicksal erfahren.

Fassen Sie es in eigene Worte oder lesen Sie dies vor:

„Ihr betretet das Gasthaus. Die Spannung bei der Prinzessin scheint unerträglich. Der große Moment ist gekommen. Kaum habt Ihr den ersten Schritt herein getan, als Ihr Onthar in der Mitte der Schenke an einem Tisch sitzen seht. Er blickt – wie er es sicherlich die letzten Tage stets tat – sofort auf. Und er scheint wieder mit einer Enttäuschung zu rechnen. Doch dann sieht er Euch und sie in eurer Mitte. Sein Gesicht macht einen unglaublichen Wandel durch: Er strahlt, und unfassbare Freude leuchtet in seinen Augen. Er springt fast schon jugendlich auf und achtet nicht auf den umgestürzten Stuhl. Er stürmt auf seine Tochter zu. Doch dann stoppt er plötzlich kurz vor ihr. Ihr seht die Angst in ihr wieder aufkommen, als er sie mustert. Doch dann – nach einem herzzerreißenden Augenblick – umschließt er mit seinen Armen fest seine Tochter. Und unter Tränen schluchzt er immer wieder „Mein Kind, mein Kind.“ Eine Ewigkeit hält er sie nur fest. Die Gäste in der Wirtschaft schauen alle gerührt auf die Szene. An einem Tisch hört ihr einen Stuhl rücken, als eine gut gekleidete Frau aufsteht und anfängt zu klatschen. Offenbar wissen viele um das Schicksal Onthars. Überall steht nun langsam ein Gast nach dem anderen auf.

Erfahrungspunkte

Ein letzter Hinweis in diesem Einführungsabenteuer zu einem wichtigen Instrument des Spiels: Die Erfahrungspunkte. Es gibt im Rolemaster Grundregelwerk eine sehr ausführliche Berechnungsmethode (*Rolemaster Grundregelwerk, Abschnitt 23.0, Seite 85ff.*) zu den Erfahrungspunkten. Scheuen Sie sich aber nicht, diese Punkte nach einem anderen Schema zu verteilen. Sie können dies gleichmäßig tun – jeder bekommt dieselben Punkte – oder nach Leistung. Letzteres bedarf eines guten Protokolls und einem feinen Sinn für Gerechtigkeit. Denn Sie müssen nicht nur Kämpfe oder ähnliches werten, sondern jede Situation.

Eine gute Richtlinie zur Höhe der Punkte könnte sein, dass die SC alle 3 – 4 Sitzungen eine neue Stufe erreichen. In den höheren Stufen kann dies auch mal länger dauern, aber keinesfalls mehr als 8 Sitzungen – so die Empfehlung. Natürlich kann es auch mal Sitzungen geben mit sehr wenigen Punkten: Zum Beispiel, wenn während des Treffens das Rollenspiel nicht die Hauptsache war, was Ihnen durchaus passieren kann – schließlich gibt es unter Freunden eine Menge auszutauschen.

Die SC sollten nach diesem Abenteuer genug Erfahrung für eine Stufe gesammelt haben. Vielleicht auch etwas mehr. Zwei Stufen sollten nicht möglich sein. Wenn Sie das Abenteuer in den vorgegebenen Abschnitten betrachten, dann sind sicherlich die letzten beiden der Hauptteil mit den meisten Punkten.

Und es hallt der Applaus in der ganzen Schenke wieder. Onthar blickt langsam auf und hält mit beiden Armen noch fest seine Tochter. Er hebt den Kopf und nickt langsam – aber bestimmt – immer wieder und preßt dabei beide Lippen zusammen. So als könnte er noch nicht die richtigen Worte finden. Dann nickt er heftiger und holt tief Luft. Dann sagt er zu euch: "

Dann wird er mit noch feuchten Augen die SC ansehen und dann langsam nicken. Das Nicken wird dann kräftiger und er preßt die Lippen aufeinander. Dann wird er mit voller Luft sagen:

Lesen Sie den nächsten Text vor:

„Ihr seid wahre Helden. Ihr habt es wirklich getan. Meine Tochter ist zurück, und ich habe es Euch zu verdanken. Ich wünschte, ich könnte Euch mehr als nur die Thaler geben. Nehmt meine ewige Dankbarkeit und Freundschaft."

Danach wird er sich an das Gasthaus mit erhobener Stimme richten:

„Seht! Das sind die Tapferen, die Unbeugsamen, die einem alten Mann seinen innigsten Wunsch erfüllt haben. Es ist ein Tag der Freude – mein schönster seit Undenken. Dies ist meine Tochter! Feiert alle mit mir, und trinkt auf diese Helden. Hoch sollen sie leben!"

Der Wirt wird dann Getränke für alle ausgeben, und man wird sicherlich noch lange die SC hochleben lassen. Sie erhalten natürlich von ihrem Aufraggeber den Lohn.

Elisera wird - nachdem alle die feierlichen Momente auskosten konnten - ein Stück eines Amuletts herausholen und es den SC als Erinnerung an sie mitgeben.

„Vergeßt mich nicht."

Elisera weiß nicht, wie wertvoll das kleine Stück ist. Selbst wenn sie es erfährt, wird sie darauf bestehen, daß die SC es behalten: Geschenkt ist geschenkt. Sie hat das Stück einmal von ihrem Ziehvater geschenkt bekommen, als sie noch klein war und sich einmal verletzt hatte. Er hatte ihr damals gesagt, daß jeder Schmerz mit Zauber zu besiegen sei, und dieses Stück sei voller Magie. Mehr kann sie dazu nicht sagen.

Ausblick

Die Spieler haben im Laufe des Abenteuers sich selbst und die anderen Charaktere besser kennengelernt, sie entwickelt und ihnen Leben eingehaucht. Sie werden darauf brennen, das weitere Leben der Charaktere zu gestalten und zu erleben.

Für weitere Abenteuer gibt es eine Menge Zündstoff und Aufhänger: Denken Sie nur an den erzürnten Orkkönig! Oder zunächst an den Häuptling. Er wird auch nicht so schnell locker lassen.

In Leet wird sich die Tat der SC herumsprechen, und es gibt hier noch einiges zu tun. Leet liegt schließlich direkt in der Wildnis, und die Trolle sind wieder unterwegs.

Darüber hinaus ist eine Menge in den Hintergründen der SC versteckt. In Folgeabenteuern wird davon einiges aufgegriffen. Und dieses sonderbare Bruchstück eines Anhängers, oder was auch immer es war, als es vollständig war, ist sicher auch noch ein Thema. Aber das ist – wie heißt es so schön – eine andere Geschichte. Und die wird sicherlich noch erzählt.

Weitere Abenteuer

Sofern Ihnen „Elisera" gefallen hat, möchten wir Sie darauf hinweisen, daß weitere Abenteuer mit unseren vier Freunden erscheinen. Die folgenden Abenteuer können selbstverständlich auch unabhängig von den anderen (und „Elisera") gespielt werden. Zusammen ergeben sie eine große Geschichte und sind ideal für eine große Kampagne. Sie werden in der Folge immer wieder Rückgriffe auf die ersten Abenteuer erleben und vieles aus „Elisera" wird dann eine neue oder größere Bedeutung haben.

Leet und das Ghalgrat-Gebirge sind Teil einer großen Kampagnenwelt. Beides liegt im Königreich *Trion*, und die hier erwähnten Namen, Ereignisse und Erwähnungen finden sich dort begründet und weiter erläutert. Als Beispiel sei an dieser Stelle nur das orkische Schimpfwort „Aros Futter" erwähnt, eine eher lustige Geschichte aus dem Ghalgrat:

Aros ist einer der jüngeren Riesen aus dem Ghalgrat und geistig sehr schwerfällig. Die Orks machen sich einen Spaß daraus, ihn zu necken und für ihre Zwecke zu gebrauchen. Von ihm gefressen zu werden bedarf schon einer Menge Ungeschick, Schwäche und Dummheit. Kein Wunder, daß es bei den Orks in der Gegend zu einem Schimpfwort geworden ist, wenn man jemanden als Aros Futter bezeichnet.

Natürlich können Sie - wie oben erwähnt - „Elisera“ und auch alle anderen Abenteuer in jeder beliebigen Welt spielen lassen - auch in Ihrer eigenen. Sollten Sie Interesse an weiteren Informationen zu der Welt haben, möchten wir Sie an dieser Stelle auf das entsprechende Kampagnenset hinweisen.

Mehr zu den weiteren Abenteuern und der Kampagnenwelt finden Sie im Internet unter:
http://www.sonnenfeste.de/

„Melaka“ - von Björn Lensig

Anhang

Im Anhang finden Sie zwei Arten von Dokumenten: Die für Spieler, welche Sie in ausreichender Zahl vor dem Spiel kopieren oder ausdrucken sollten, und die für Sie als Spielleiter. Die Spielleiterkarten und Dokumente sind nur für Sie bestimmt und nicht für die Spieler.

Gegenstände

Im Folgenden finden Sie die im Abenteuer erwähnten Gegenstände genauer erläutert. Sie können die Namen und Wirkungen am Ihre Welt anpassen, wenn Sie es mögen.

Haener-Pilz-Pulver

Aus dem seltenen Haener-Pilz kann ein heilendes Pulver gewonnen werden. Dazu muß der Pilz gepflückt, zerkleinert, gekocht, getrocknet und dann gerieben werden. Das Pulver kann dann mit Flüssigkeit eingenommen werden. Aus zehn mittelgroßen Pilzen kann eine Dose hergestellt werden.

ID	Name	Code	Art/Anwendung	Preis	SF	Wirkung
T111	Haener-Pilz-Pulver	m-O-7	Pulver/einnehmen	3 Goldfalken	10	Vervierfacht für 1W10 Tage die Heilrate und erhöht in der Zeit auch die Wahrnehmung um +5.

Ulangakraut

Ulangakraut wächst in den Bergen des Ghalgrat und ist äußerst selten. Die Zubereitung ist dafür aber denkbar einfach. Das Kraut wird als Tee eingenommen.

ID	Name	Code	Art/Anwendung	Preis	SF	Wirkung
T120	Ulangakraut	m-O-7	Kraut/einnehmen	5 Goldfalken	20	Stoppt bis zu 2 Treffer/Runde Blutung und regeneriert bis zu 4W10 Trefferpunkte. Es heilt auch Muskelverletzungen und Nervenschäden.

Steinscheibe

Die Steinscheibe ist ein Bruchstück eines größeren Gegenstandes. Die Runen auf dem Stück sind zwergisch und bedeuten: EIDA - MEIN. Dann bricht es ab. Vielleicht ist der Rest des Gegenstandes nötig, um den Sinn zu verstehen. Gerol kann mit einer entsprechenden Fertigkeitsüberprüfung erkennen, daß geringe Anteile eines sehr wertvollen Metalls (in der Kampagnenwelt Trion ist es *Glith*, das zehnmal wertvoller wie Gold ist) in der Scheibe enthalten ist. Es wiegt ungefähr 30g und das Material ist alleine 30 Goldfalken wert.

Finns Schwert

Bihänder + 10 magisch

Finns Schwert ist etwas Besonderes: Die Schmiedekunst scheint die des Schmieds in Leet in Kunst & Fertigkeit weit zu übersteigen. Es besteht kein Zweifel, daß die Klinge aus der Hand eines Meisterschmieds stammt. Darüber hinaus ist das Schwert magisch und gibt dem Benutzer einen Offensivbonus von +10. Die Verzierungen an der Klinge zeigen drei sich immer wieder kreuzende Linien, die sich schließlich am Ende der Klinge zu einer Blutrille vereinen.

Silberflarettensalbe

Diese Salbe wird aufwendig aus einem Pulver hergestellt, was aus Silberflaretten gewonnen wird. Silberflaretten werden in Trion im Derend gefangen – dem östlich angrenzenden Meer. Eine Anwendung hat ungefähr den Wert von 10 Trionthalern. Die Salbe beinhaltet 10 Anwendungen und ist somit 100 Trionthaler wert, sofern man sie überhaupt bekommt. Denn die Salbe ist rar und sehr begehrt.

ID	Name	Code	Art/Anwendung	Preis	SF	Wirkung
T104	Silberflaretten-salbe	m-O-7	geriebener Fisch/ aufbringen	33 Gold-falken	5	Stoppt jede Form des Blutverlusts innerhalb von 1W10 Runden und verdoppelt die Heilraten.

Indaras Liebestrank

Indara hat durch lange Arbeit zufällig diesen Trank gebraut, dessen genaue Wirkung unbekannt ist. Vermutlich verliebt sich der Benutzer des Tranks Hals über Kopf in die nächste (geeignete) Person. Allerdings ist der Effekt enorm überzogen, und das Opfer handelt „blind“ vor Liebe. Völlig entnervend und wie eine Klette wird das Opfer der anderen Person ständig nachstellen. Dies geschieht so lange, bis die Wirkung des Trankes nach ungefähr 3-5 Tagen verflogen ist.

Währung in Trion

Die bekannteste Münze ist der Trionthaler. Ein einfacher Mann verdient in Trion durchschnittlich drei Trionthaler in 26 Arbeitstagen (ein Monat, 4 Tage sind in der Regel frei). Am häufigsten aber ist der Kupferling, wobei 10 Kupferlinge einem Trionthaler entsprechen. Und ein Kupferling ist so viel wert wie 10 Muena, der kleinsten Währung. 10 Trionthaler ergeben einen Goldfalken, die Goldmünze Trions.

Ein Trionthaler lässt sich in Silbermünzen aus dem *Rolemaster* Grundregelwerk umrechnen. Ein Goldfalke entspricht ungefähr einer Goldmünze. Ein Kupferling entspricht einer Bronzemünze und die Muena dem Kupferstück.

Mehr zum Thema Währung finde Sie im *Rolemaster Grundregelwerk, Abschnitt 8.3, Seite 38.*

Ein Dolch kostet ca. 3 Trionthaler und eine Ration für eine Woche ungefähr einem Kupferling.

Hinweis:
Auf Aborea gibt es verschiedenste regionale Währungen. Sie können allerdings diese Besonderheit übergehen und der Einfachheit halber nur mit den Währungen aus dem *Rolemaster* Grundregelwerk arbeiten.

Dokument für den Spieler von Finn

Hintergrund: Finn Flannagan

Finn ist ein 18 Jahre junger Krieger und bei seinem Onkel Gael Arian aufgewachsen. Zeitlebens hat er seinem Onkel auf der Farm geholfen und harte Arbeit geleistet. Doch schon genauso lange träumt Finn von der großen weiten Welt.

Finns weiß von seinem Onkel nicht viel über seine Eltern. Das Thema ist ein Tabu. Gael schimpft sie immer nur närrische Träumer, die in einem Krieg ihr Leben für Geld ließen. Keine Ideale hätten sie gehabt, kein Land – und Land definiert bei Gael wer man ist.

Doch auch Finn zieht es weg vom Land. Es muß mehr als die Äcker seines Onkels geben. Und er ist auch bereit. Schon als kleiner Junge hat er mit dem Holzschwert in ganz Leet anderen Kindern seine Gewandtheit demonstriert. Seit seiner Kindheit kennt er auch die sonderbare Indara. Seit geraumer Zeit interessiert sich Indara für eigenartige Dinge, und man munkelt, daß sie unheimliche Kräfte hätte. Finn meint, sie drückt sich nur vor der Arbeit.

Das Holzschwert gibt es zwar noch, aber in den letzten Jahren ist ein Schwert, das Finn heimlich im Haus seines Onkels gefunden hat, seine Freizeit. Das Schwert lag von Anfang an perfekt in seiner Hand, und er kann mittlerweile ordentlich damit umgehen.

Es wird Zeit, die Welt kennen zu lernen. Er ist nun endlich achtzehn Jahre alt und ein erwachsener Trioner. Zwar hat er keinen Trionthaler in der Tasche, und sein Onkel kocht schon vor Wut über Finns Pläne (und er würde wahrscheinlich platzen, wenn er von dem Schwert wüßte), aber Finns Entschluß steht fest. Der passende Moment fehlt noch.

Das Land

Finn lebt derzeit in Leet. Der Ort liegt zwischen dem Ghalgrat-Gebirge und dem Casnewydd-Wald und behauptet sich fern der nächsten menschlichen Siedlung hier in der Wildnis. 129 Bewohner zählt Leet und ist damit ein recht großes Dorf trotz der gefährlichen Lage. Unter der schützenden Hand des Ritters Mereno von Leet hält sich die einzige menschliche Siedlung des Reiches Trion in den Wäldern hartnäckig. Das Volk ist sehr genügsam und widerstandsfähig.
Der Ackerbau im südlichen Bereich der Siedlung ist nicht sehr einträglich, aber der Laan, ein Fluß mit kühlem Gebirgswasser, führt hervorragende Fische. Und der Casnewydd ist ein ideales Jagdgebiet – wenn auch ein gefährliches. Die Hirten treiben ihr Vieh hoch in das Ghalgrat Gebirge hinauf. Ab und an transportieren die Bewohner Felle nach Padova, der nächsten größeren Stadt.
Leet liegt im Königreich Trion und weit am Rand des riesigen Reiches. Auch wenn es so abseits gelegen ist: Die Leeter sind stolze Trioner und jederzeit bereit, ihr Schwert für Trion zu geben. Sie sind ein hartes Volk und haben es geschafft, hier am Fuß des mächtigen Ghalgrat-Gebirges und im Casnewydd eine Heimat zu schaffen.

Auftreten

Finn hat eine Lederrüstung, die er von einem Händler vor einem halben Jahr für all sein Erspartes gekauft hat. Sie ist stark gebraucht gewesen, aber sie wird ihren Zweck noch erfüllen. Außer Sichtweite seines Onkels trägt Finn auch gerne offen sein prächtiges Schwert. Ansonsten hat er kräftige Stiefel und sich im Laufe der Jahre eine kleine Wanderausrüstung zusammengesucht. Ein dicker Umhang schützt ihn vor zugiger Kälte. Finn sieht manchmal wild aus. Aber wenn er lächelt, schmelzen selbst die zurückhaltenden Kellnerinnen im Wirthaus dahin.
Finn besitzt neben seiner Ausrüstung noch einen ledernen Geldbeutel mit 6 Trionthalern, 7 Kupferlingen und 26 Muena.

Hinweis
Finn kann auch ein weiblicher Charakter sein. Die Entscheidung über das Geschlecht treffen Sie.

Dokument für den Spieler von Gerol Kehlhammer

HINTERGRUND: GEROL KEHLHAMMER

Gerol ist stämmiger Zwerg aus dem Ghalgrat aus einer Zwergensiedlung nah dem Torlkopf, einem über 6000 Meter hohen Steinmassiv. Er hat die Siedlung verlassen, um sein Glück bei der Schatzsuche und anderen Abenteuern zu versuchen. Sein Vater war, bevor er sich in der Zwergensiedlung Torlend niederließ, ebenfalls ein Abenteurer gewesen und hat Gerol an langen Abenden phantastische Geschichten über wundersame Orte erzählt. Gerol hat sich – als die Zeit gekommen war – auf den Weg gemacht, diese Orte zu finden. Doch sein spärlicher Proviant und seine Mittel sind rasch verbraucht als er endlich Leet erreicht. Leet – das weiß er – ist ein Ort wo schon viele Abenteurer einen Anfang gemacht haben. Gerol kennt nach seinem eigenen Bekunden ca. 3000 Witze über Orks. Und er macht aus seiner Abneigung gegen diese keinen Hehl. Schließlich haben Orks seine Vorväter aus den Uragâl, den verlorenen Hallen, dem einstigen Asgalot, vertrieben. In der alten Sprache werden Zwerge *Íaron* genannt.

DAS LAND

Gerol hat Leet erreicht. Der Ort liegt zwischen dem Ghalgrat-Gebirge und dem Casnewydd-Wald und behauptet sich fern der nächsten menschlichen Siedlung hier in der Wildnis. Über einhundert Bewohner zählt Leet und ist damit ein recht großes Dorf trotz der gefährlichen Lage.

Es gibt Ackerbau im südlichen Bereich der Siedlung und der Laan, ein Fluß mit kühlem Gebirgswasser, führt hervorragende Fische. Die Hirten treiben ihr Vieh hoch in das Ghalgrat-Gebirge hinauf.

Leet liegt im Königreich Trion und weit am Rand des riesigen Reiches. Auch wenn es so abseits gelegen ist: Die Leeter sind stolze Trioner und jederzeit bereit, ihr Schwert für Trion zu geben. Sie sind ein hartes Volk und haben es geschafft, hier am Fuß des mächtigen Ghalgrat-Gebirges und im Casnewydd eine Heimat zu schaffen.

Leet gilt als idealer Ort, um eine Unternehmung zu beginnen. Zahlreiche Gefahren und Abenteuer ranken sich rund um die Bastion der Zivilisation.

AUFTRETEN

Gerol trägt ein schweres Kettenhemd mit dem Wappen seiner Familie. Ein aufrecht stehender Hammer mit kehligen Ausbuchten. Wie auf dem Wappen trägt er einen reich verzierten Kriegshammer, mit dem er vortrefflich zuschlagen kann. Er selbst zeigt seine Unverwüstlichkeit gerne. Doch was Kälte betrifft hat auch er es gerne wärmer: Dicke Leinensachen in mehreren Schichten kann man gut unter der Kette erkennen, und seine Stiefel haben einen Fellsaum. Sein rauer Bart und seine breite Nase runden das stämmige Bild ab.

Gerol besitzt neben seiner Ausrüstung in einer Tasche an seinem breiten Gürtel 12 Trionthaler, 2 Kupferlinge und 7 Muena.

SILBERFLARETTENSALBE

Diese Salbe wird aufwendig aus einem Pulver hergestellt, was aus Silberflaretten gewonnen wird. Silberflaretten werden in Trion im Derend gefangen – dem östlich angrenzenden Meer. Eine Anwendung hat ungefähr den Wert von 10 Trionthalern. Die Salbe beinhaltet 10 Anwendungen und ist somit 100 Trionthaler wert, sofern man sie überhaupt bekommt. Die Salbe ist rar und sehr begehrt.

HINWEIS
Gerol kann auch ein weiblicher Charakter sein. Die Entscheidung über das Geschlecht treffen Sie.

Dokument für den Spieler von Elathaliel

Hintergrund: Elathaliel

Elathaliel ist eigentlich ein lebensfroher Elf oder in den Worten der alten Sprache ein *Íareth*. Und ein Teil der Gemeinschaft eines kleinen Elfenstamms aus dem Casnewydd (der Vielfarbige), dem erhabenen Wald, der sich an das Ghalgrat-Gebirge schmiegt und in dem auch Leet liegt. Doch ein Streit mit dem Stammesfürsten Ilathan Laroneth zog die Verbannung nach sich. Elathaliel Imaneos – seinen Nachnamen wurde ihm aberkannt – hatte es gewagt, den Fürsten öffentlich zu kritisieren, als dieser die neuen Gefahren im Wald ignorierte. Elathaliel hatte selbst die Spuren der Trolle entdeckt. Der Stammesfürst bestand darauf, daß Elathaliel sich irrt, denn die Trolle seien seit vielen Jahrzehnten nicht mehr in diesen Teil des Waldes gekommen. Er selbst habe einen Schutzbann gewirkt, der die Trolle von dem Stamm fernhalte, und dies ist lange vor der Zeit gewesen, als Elathaliel das Grün des Casnewydd das erste Mal erblickt hat. Elathaliel weiß, daß das die Spuren von Trollen waren und blieb hartnäckig. Der Streit artete aus, und der Fürst zog eine überzogene, ungerechte Konsequenz: Elathaliel bringt den Stamm durch seine Angstmache in Gefahr und sei nicht bereit, in der Gesellschaft als Teil davon zu leben. Insbesondere folge er auch nicht der offensichtlichen Weisheit des Fürsten. Deshalb sei er zu verbannen. Elathaliel mußte seinen Stamm verlassen. Er ist fest davon überzeugt, daß er im Recht ist und die Strafe willkürlich und völlig überzogen ist. Traurig und um seine unterlegene Stellung leider nur zu gut bewußt ist er nach Leet – dem nächsten Ort – gezogen. Dort will er versuchen, etwas Sinnvolles zu leisten. Und denen helfen, die sich helfen lassen.

Das Land

Elathaliel hat Leet erreicht. Der Ort liegt zwischen dem Ghalgrat-Gebirge und dem Casnewydd-Wald und behauptet sich fern der nächsten menschlichen Siedlung hier in der Wildnis. Über einhundert Bewohner zählt Leet und ist damit ein recht großes Dorf trotz der gefährlichen Lage.

Es gibt Ackerbau im südlichen Bereich der Siedlung und der Laan, ein Fluß mit kühlem Gebirgswasser, führt hervorragende Fische. Die Hirten treiben ihr Vieh hoch in das Ghalgrat-Gebirge hinauf.

Leet liegt im Königreich Trion und weit am Rand des riesigen Reiches. Auch wenn es so abseits gelegen ist: Die Leeter sind stolze Trioner und jederzeit bereit, ihr Schwert für Trion zu geben. Sie sind ein hartes Volk und haben es geschafft, hier am Fuß des mächtigen Ghalgrat-Gebirges und im Casnewydd eine Heimat zu schaffen.

Auftreten

Elathaliel hat eine wunderbare Lederrüstung mit elfischen Mustern, die geschwungene Lilien darstellen. Sie sind etwas heller auf dem vielfarbigen Leder abgesetzt. Darüber trägt er einen grünen Umhang, der trotz seiner Leichtigkeit Wärme spendet. Sein Langbogen ist das Werk vieler elfischen Arbeitsstunden und ein wohl tariertes Instrument für einen guten Bogenschützen. Sein Köcher ist ebenso verziert und birgt etliche kunstvoll gearbeitete Pfeile. Sein Gürtel ist ebenso prächtig wie seine mehrfach umbundenen Lederstiefel aus feinstem Leder.

Elathaliel besitzt neben seiner Ausrüstung noch einen Geldbeutel mit 2 Trionthalern, 13 Kupferlingen und 4 Muena.

Hinweis

Elathaliel kann auch ein weiblicher Charakter sein. Die Entscheidung über das Geschlecht obliegt Ihnen.

Dokument für den Spieler von Indara

Hintergrund: Indara Evethe

Indara hat eher zufällig ihre Begabung für die Magie (*Unarca*) entdeckt. Die Faszination dafür hat sie sofort gepackt. Und sie hat sich sofort darin so sehr vertieft, daß sie die Aufgaben in ihrer Familie völlig vergessen hat. Sie nimmt jede Gelegenheit für Versuche oder Studien wahr und hat sich immer mehr zurückgezogen. Ihre Familie hält sie für sonderbar und für aus der Art geschlagen. Sie können den „Firlefanz" nicht nachvollziehen, denn tüchtige Arbeit ist ehrlich zu schaffen. Indara will ihrer Familie nicht weiter zur Last fallen und auch ihr Wissensdurst treibt sie fort von Leet. Es muß andere Orte, bessere Orte für sie geben. Doch alleine kann sie nur schlecht die gefahrvolle Welt entdecken und finanziell sieht es auch nicht besonders gut um sie aus. Allerdings kennt sie Finn und weiß auch um seine Pläne. Ein starker Mann an ihrer Seite könnte einiges an Ärger fern halten.

Das Land

Indara lebt derzeit in Leet. Der Ort liegt zwischen dem Ghalgrat-Gebirge und dem Casnewydd-Wald und behauptet sich fern der nächsten menschlichen Siedlung hier in der Wildnis. Über einhundert Bewohner zählt Leet und ist damit ein recht großes Dorf trotz der gefährlichen Lage.

Es gibt Ackerbau im südlichen Bereich der Siedlung und der Laan, ein Fluß mit kühlem Gebirgswasser, führt hervorragende Fische. Die Hirten treiben ihr Vieh hoch in das Ghalgrat-Gebirge hinauf.

Leet liegt im Königreich Trion und weit am Rand des riesigen Reiches. Auch wenn es so abseits gelegen ist: Die Leeter sind stolze Trioner und jederzeit bereit, ihr Schwert für Trion zu geben. Sie sind ein hartes Volk und haben es geschafft, hier am Fuß des mächtigen Ghalgrat-Gebirges und im Casnewydd eine Heimat zu schaffen.

Auftreten

Indara hat ein einfaches, dunkles Kleid aus etwas dickerem Leinen. Sie hat aber auch eine Lederrüstung, die eigentlich ihrem Bruder Elaun gehörte, aber er ist vor fünf Jahren von einer Reise nicht zurückgekehrt. Die Rüstung war noch bei seinen Sachen, und Indara hat sie an sich genommen. Mühevoll und mit blutigen Fingern hat sie die Lederrüstung an ihre Statur angepaßt. Ihr Haar hält sie mit einer schönen Spange – einem Geschenk ihres Vaters zu ihrer Volljährigkeit – zusammen. Ansonsten hat sie eine kleine Tasche, in der sie unter anderem einen selbstgebrauten Zaubertrank transportiert. Durch ewiges Herumexperimentieren ist dieser Trank entstanden. Leider kann sie den Weg nicht mehr nachvollziehen, so daß er ein Unikat bleiben wird. Eigentlich hatte sie den Trank zu einem bestimmten Zweck gebraut, aber der hatte sich erledigt. Nun ist er ein Überbleibsel von vielen Monaten an Arbeit. Der Trank soll beim Benutzer bewirken, daß dieser auf der Stelle sich in die nächste Person verliebt. Vielleicht findet sich doch irgendwann eine Anwendung für den Trank.

Indara besitzt neben ihrer Ausrüstung noch einen aus feinen Kettengliedern bestehenden Münzbeutel mit 4 Trionthalern, 17 Kupferlingen und 2 Muena

Hinweis

Indara kann auch ein männlicher Charakter sein. Die Entscheidung über das Geschlecht treffen Sie.

Finn Flannagan

Spieler: ____________________

Volk:	Mensch (Iares)	Ausbildungspunkte:	70
Beruf:	Krieger	Alter:	18
Größe:	1,91m	Gewicht:	98kg

Attribut	Temp (Pot)	Grund-bonus	Volksbonus	Attributsbonus
Geschicklichkeit	85 (100)	+ 4	+ 0	+ 4
Konstitution	93 (96)	+ 6	+ 0	+ 6
Gedächtnis	49 (80)	+ 0	+ 0	+ 0
Logik	53 (79)	+ 0	+ 0	+ 0
Selbstdisziplin	70 (90)	+ 1	+ 2	+ 3
Empathie	31 (64)	+ 0	+ 0	+ 0
Intuition	33 (77)	+ 0	+ 0	+ 0
Charisma	59 (83)	+ 0	+ 0	+ 0
Reaktion	75 (91)	+ 2	+ 0	+ 2
Stärke	94 (99)	+ 7	+ 2	+ 9

TP (max): 71

Status (*inkl. Wunden*):

- 0	- 10	- 20	- 30
bis 18	bis 36	bis 53	bis 71

Erholung: 1 TP alle 3 Stunden bei Aktivität, 3 TP pro Stunde Ruhe und 12 TP je 3 Stunden Ruhe.

MP (max): 0

Status:

- 0	- 10	- 20	- 30
bis 0	bis 0	bis 0	bis 0

Erholung: 1 MP alle 3 Stunden bei Aktivität, 1 MP pro Stunde Rast und 1 MP je 3 Stunden Schlaf.

Angriffe	Ränge	Bonus
Bihänder	4	77
Streitaxt	1	58
Dolch	2	52
Leichte Armbrust	2	32
Langbogen	1	29

Defensivbonus:	+0
RK:	8
ABM:	-15
Fernkampf-Abzug *:	15
Bewegungsweite:	17 m/Runde
WW Essenz:	+0
WW Leitmagie:	+0
WW Mentalismus:	+0
WW Gift:	+18
WW Krankheit:	+18
WW Furcht:	+9

Fertigkeiten	Ränge	Bonus
Ausdauernd Laufen	1	+24
Klettern	1	+17
Springen	1	+24
Gemeinsprache schreiben	8	+26
Gemeinsprache reden	8	+26
Hochsprache (Imperial) schreiben	2	+8
Hochsprache (Imperial) reden	4	+14
Schleichen	3	+18
Verstecken	2	+15
Reiten: Pferd	2	+14
Jagen	1	+12
Wettervorhersage	1	+12
Benommenheit entfernen	2	+24
Aufmerksamkeit	2	+10
Heraldik	1	+11
Regionales Wissen: Trion	4	+20
Volkskunde: Trione	4	+20

Ausrüstung:
Verstärkter langer Ledermantel
Wasserschlauch
Bettrolle (schwer)
Zelt
Rucksack
Feuerstein & Stahl
Zunder
Bihänder +10 magisch
Dolch
3x Fackel

6 Trionthaler
7 Kupferlinge und
26 Muena

*: bereits bei den Angriffen einberechnet

GEROL KEHLHAMMER

SPIELER: ____________________

Volk:	Zwerg (Ïaron)	Ausbildungspunkte:	70
Beruf:	Krieger	Alter:	46
Größe:	1,48m	Gewicht:	102kg

Attribut	Temp (Pot)	Grund-bonus	Volksbonus	Attributsbonus
Geschicklichkeit	70 (84)	+ 1	- 2	- 1
Konstitution	99 (100)	+ 9	+ 6	+ 15
Gedächtnis	60 (81)	+ 0	+ 0	+ 0
Logik	40 (59)	+ 0	+ 0	+ 0
Selbstdisziplin	80 (92)	+ 3	+ 2	+ 5
Empathie	26 (85)	- 1	- 4	- 5
Intuition	35 (67)	+ 0	+ 0	+ 0
Charisma	32 (68)	+ 0	- 4	- 4
Reaktion	31 (67)	+ 0	- 2	- 2
Stärke	95 (100)	+ 7	+ 2	+ 9

TP (max): 104

Status (*inkl. Wunden*):

- 0	- 10	- 20	- 30
bis 26	bis 52	bis 78	bis 104

Erholung: 1 TP alle 3 Stunden bei Aktivität, 15 TP pro Stunde Ruhe und 60 TP je 3 Stunden Ruhe.

MP (max): 0

Status:

- 0	- 10	- 20	- 30
bis 0	bis 0	bis 0	bis 0

Erholung: 1 MP alle 3 Stunden bei Aktivität, 1 MP pro Stunde Rast und 1 MP je 3 Stunden Schlaf.

ANGRIFFE	RÄNGE	BONUS
Kriegshammer	6	81
Streitaxt	1	42
Wurfdolch	1	32
Leichte Armbrust	1	32

FERTIGKEITEN	RÄNGE	BONUS
Ausdauernd Laufen	3	+36
Klettern	3	+7
Gewichtheben	1	+28
Gemeinsprache schreiben	8	+21
Gemeinsprache reden	8	+21
Zwergisch schreiben	8	+21
Zwergisch reden	8	+21
Elfisch schreiben	4	+9
Elfisch reden	4	+9
Singen	1	-5
Benommenheit entfernen	1	+21
Fallen entdecken	2	+13
Spuren untersuchen	1	+10
Spuren verfolgen	1	+10
Verstecktes entdecken	1	+10
Aufmerksamkeit	7	+17
Hinterhalt entdecken	1	+11
Regionales Wissen: Ghalgrat	4	+20
Volkskunde: Zwerge (Ïaron)	3	+17

Defensivbonus:	+0
RK:	13
ABM:	-10
Fernkampf-Abzug *:	0
Bewegungsweite:	9 m/Runde
WW Essenz:	+25
WW Leitmagie:	+0
WW Mentalismus:	+28
WW Gift:	+65
WW Krankheit:	+60
WW Furcht:	+15

AUSRÜSTUNG:
Kriegshammer +10
Kettenhemd
Silberflarettensalbe
Bettrolle (schwer)
Zelt
Rucksack
Feuerstein & Stahl
Zunder
Wurfdolch
Leinenunterhemden (3)
Fellstiefel
Wasserbeutel
Breiter Gürtel

12 Trionthaler
2 Kupferlinge und
7 Muena

*: bereits bei den Angriffen einberechnet

ELATHALIEL

SPIELER: ______________________

Volk: Elf (Ïareth)
Beruf: Waldläufer
Größe: 1,85m

Ausbildungspunkte: 70
Alter: 124
Gewicht: 72kg

Attribut	Temp (Pot)	Grund-bonus	Volksbonus	Attributsbonus
Geschicklichkeit	90 (95)	+ 5	+ 4	+ 9
Konstitution	91 (100)	+ 5	+ 0	+ 5
Gedächtnis	39 (73)	+ 0	+ 2	+ 2
Logik	62 (78)	+ 0	+ 0	+ 0
Selbstdisziplin	70 (84)	+ 1	- 5	- 4
Empathie	34 (59)	+ 0	+ 2	+ 2
Intuition	90 (95)	+ 5	+ 0	+ 5
Charisma	70 (84)	+ 1	+ 2	+ 3
Reaktion	80 (90)	+ 3	+ 2	+ 5
Stärke	34 (77)	+ 0	+ 0	+ 0

ANGRIFFE	RÄNGE	BONUS
Langbogen	7	73
Dolch	2	22

SPRUCHLISTEN	RÄNGE	BONUS
Widerstandskraft	2	17
Wege des Wanderers	1	16

FERTIGKEITEN	RÄNGE	BONUS
Schwimmen	3	+30
Klettern	3	+36
Diplomatie	2	+18
Gemeinsprache schreiben	10	+38
Gemeinsprache reden	10	+38
Elfisch schreiben	10	+38
Elfisch reden	10	+38
Improvisiertes Dichten	1	+19
Instrument spielen	2	+22
Reiten: Pferd	2	+43
Schleichen	4	+40
Verstecken	4	+40
Sternenbeobachtung	1	+38
Überleben	1	+38
Wettervorhersage	1	+38
Beobachtung	1	+18
Gift entdecken	1	+18
Lügen entlarven	1	+18
Spuren untersuchen	1	+18
Spuren verfolgen	1	+18
Aufmerksamkeit	6	+27
Hinterhalt entdecken	1	+22
Pflanzenkunde	1	+13
Regionales Wissen: Waldlande	4	+22
Tierkunde	1	+13
Volkskunde: Elfen (Ïareth)	3	+19

*: bereits bei den Angriffen einberechnet

TP (max): 39

Status (*inkl. Wunden*):

- 0	- 10	- 20	- 30
bis 10	bis 20	bis 29	bis 39

Erholung: 1 TP alle 3 Stunden bei Aktivität, 2 TP pro Stunde Ruhe und 7 TP je 3 Stunden Ruhe.

MP (max): 17

Status:

- 0	- 10	- 20	- 30
bis 4	bis 9	bis 13	bis 17

Erholung: 1 MP alle 3 Stunden bei Aktivität, 3 MP pro Stunde Rast

Defensivbonus:	+15
RK:	5
ABM:	-0
Fernkampf-Abzug *:	0
Bewegungsweite:	20 m/Runde
WW Essenz:	+1
WW Leitmagie:	+10
WW Mentalismus:	+4
WW Gift:	+25
WW Krankheit:	+115
WW Furcht:	-12

AUSRÜSTUNG:
Elfischer Lederwams
Elfenstiefel
Umhang
Elfischer Langbogen +10
Köcher mit 25 Pfeilen
Dolch
Gürtel
Eibenflöte

2 Trionthaler
13 Kupferlinge und
4 Muena.

Indara Evethe

Spieler: ______________________

Volk:	Mensch (Iares)	Ausbildungspunkte:	76
Beruf:	Magier	Alter:	17
Größe:	1,75m	Gewicht:	52kg

Attribut	Temp (Pot)	Grund-bonus	Volksbonus	Attributsbonus
Geschicklichkeit	85 (100)	+ 4	+ 0	+ 4
Konstitution	93 (96)	+ 6	+ 0	+ 6
Gedächtnis	49 (80)	+ 0	+ 0	+ 0
Logik	53 (79)	+ 0	+ 0	+ 0
Selbstdisziplin	70 (90)	+ 1	+ 2	+ 3
Empathie	31 (64)	+ 0	+ 0	+ 0
Intuition	33 (77)	+ 0	+ 0	+ 0
Charisma	59 (83)	+ 0	+ 0	+ 0
Reaktion	75 (91)	+ 2	+ 0	+ 2
Stärke	94 (99)	+ 7	+ 2	+ 9

TP (max): 29

Status (*inkl. Wunden*):

- 0	- 10	- 20	- 30
bis 7	bis 15	bis 22	bis 29

Erholung: 1 TP alle 3 Stunden bei Aktivität, 1 TP pro Stunde Ruhe und 3 TP je 3 Stunden Ruhe.

MP (max): 23

Status:

- 0	- 10	- 20	- 30
bis 6	bis 12	bis 17	bis 23

Erholung: 1 MP alle 3 Stunden bei Aktivität, 3 MP pro Stunde Rast

Spruchlisten	Ränge	Bonus
Meisterschaft des Geistes	4	14
Meisterschaft der Schilde	4	14
Wege der Unsichtbarkeit	4	14
Kleine Illusionen	4	19
Gesetz der Erde	3	23
Gesetz des Feuers	3	24
Gesetz des Eises	3	23
Gesetz des Lichtes	3	24

Defensivbonus:	+0
RK:	8
ABM:	-45
Fernkampf-Abzug *:	15
Bewegungsweite:	14 m/Runde
WW Essenz:	+18
WW Leitmagie:	+0
WW Mentalismus:	+0
WW Gift:	+3
WW Krankheit:	+3
WW Furcht:	+15

Fertigkeiten	Ränge	Bonus
Schwimmen	1	+6
Klettern	1	+6
Überreden	1	+11
Gemeinsprache schreiben	8	+40
Gemeinsprache reden	8	+40
Hochsprache (Imperial) schreiben	3	+25
Hochsprache (Imperial) reden	3	+25
Elfisch reden	2	+22
Schleichen	1	+10
Verstecken	1	+10
Magischen Gegenstand benutzen	1	+26
Magie verbergen	2	+29
Magie wahrnehmen	1	+26
Runen lesen	1	+26
Reiten: Pferd	1	+17
Aufmerksamkeit	2	+7
Geschichte	1	+21
Regionales Wissen: Trion	3	+27
Volkskunde: Trione	4	+30
Artefaktkunde	1	+30
Spruchkunde	1	+30
Giftkunde	1	+15
Kräuterkunde	1	+15

Ausrüstung:

Lederrüstung
Haarspange
Geldbeutel aus Ketten
Leinenkleid (blau mit Zier)
Utensilientasche mit Trank
Bettrolle
Decke
Stiefel
Dolch

4 Trionthaler
17 Kupferlinge und
2 Muena

Angriffe	Ränge	Bonus
Kurzbogen	1	5
Dolch	1	10

*: bereits bei den Angriffen einberechnet

Rolemaster: Spieler-Grundlagen

Herzlich Willkommen bei *Rolemaster*! In diesen Grundlagen möchten wir Ihnen die Grundkenntnisse zum Spielen mit *Rolemaster* vermitteln. Diese Ausführungen können aber keinesfalls das *Grundregelwerk* ersetzen; sie sind als Einführung gedacht.

1. Würfeln

Fangen wir also mit den Grundlagen an. Da hätten wir zunächst die Würfelwürfe. Sie benötigen zwei zehnseitige Würfel (W10). Normalerweise würfeln Sie diese beiden Würfel gemeinsam, wobei einer der Würfel als Zehner- und der andere als Einer-Würfel gilt. Zusammen erhalten Sie dann ein Ergebnis zwischen 01 und 00, wobei die 00 als 100 gilt. Wenn Ihr Zehner-Würfel also beispielsweise eine 5 zeigt und Ihr Einer-Würfel eine 9, dann haben Sie also mit 1W100 eine 59 gewürfelt.

So weit, so gut. Wiederum die meisten Würfelwürfe in *Rolemaster* sind so genannte „offene Würfe". Das bedeutet, daß es eine gewisse Chance gibt, daß Sie besonders gut oder besonders schlecht bei dem, was Sie gerade versuchen, abschneiden. Dies funktioniert folgendermaßen:
Würfeln Sie eine 96 bis 100, dann ist Ihnen Ihre Aktion besonders gut geglückt. Sie würfeln dann erneut und addieren das Ergebnis zu dem vorherigen. Kommen Sie dann wieder auf eine 96 bis 100, wiederholen Sie das. Führen Sie diesen Vorgang so lange durch, bis Sie nicht mehr eine 96 bis 100 erhalten.
Wenn Sie eine 01 bis 05 würfeln, dann ist das ein eher schlechtes bis miserables Ergebnis für Sie. Sie würfeln dann erneut, und ziehen das Ergebnis von dem bisherigen Wert ab. Kommen Sie dann auf eine 96 bis 100, wird es richtig übel für Sie, denn Sie würfeln erneut und ziehen wiederum den Wert vom Gesamtergebnis ab. Führen Sie diesen Vorgang so lange durch, bis Sie nicht mehr eine 96 bis 100 erhalten.

Anmerkung: *Wenn Sie einmal angefangen haben, hoch zu würfeln, führt ein Ergebnis von 01 bis 05 nicht zum Abziehen der Folgewürfe. Dies geschieht nur beim ersten Wurf, damit wird die „Richtung" entschieden.*

2. Attribute

In Rolemaster gibt es 10 Attribute, die alle einen Wert zwischen 01 und 100 haben. Je höher das Attribut ist, desto besser ist Ihr Charakter in diesem Bereich. Für das Spiel wichtig ist der „temporäre Wert" des Attributs; das „Potential" bezeichnet die machbare zukünftige Entwicklung und hat im Spiel keinerlei Einfluß.
Zu jedem der 10 Attribute gibt es auch einen Bonus, der vom Attribut selbst und dem Volk Ihres Charakters abhängt (Sie finden diesen Bonus in der Spalte „Attributsbonus"). Der Bonus beeinflußt Ihre Fertigkeiten direkt, das ist aber bereits in den angegebenen Boni einberechnet - Sie brauchen sich also zunächst nicht darum zu kümmern. Wenn Sie beispielsweise „Schleichen" einsetzen, hilft Ihnen da gute Geschicklichkeit. Wollen Sie aber eine Wissensfertigkeit wie „Geschichte" einsetzen, lohnen sich hohe Werte in Gedächtnis und Logik.

3. Fertigkeiten einsetzen

Werfen Sie einen interessierten Blick auf Ihren Charakterbogen. Sie finden dort eine Auflistung Ihrer Fertigkeiten (neben anderen Dingen). Um eine Fertigkeit einzusetzen, müssen Sie zunächst wissen, welche Art von Manöver mit dieser Fertigkeit ausgeführt wird.
Es gibt zwei Arten von Manövern, in die sich normale Fertigkeiten leicht einordnen lassen: Statische (also an einem Ort und ohne viel Bewegung stattfindende) und Bewegungsmanöver (das Gegenteil, nämlich mit viel Bewegung). Ein Beispiel: „Klettern" ist klar ein Bewegungsmanöver, während „Schlösser öffnen" eindeutig statisch ist.
Immer, wenn Sie ein Manöver ausführen, würfeln Sie 1W100 (offen) und addieren Ihren passenden Fertigkeitsbonus nebst anderen (vom SL zu vergebenden) Modifikatoren.

3.1 Statische Manöver

Bei einem statischen Manöver schlagen Sie Ihr Ergebnis auf der Tabelle: Statische Manöver nach. Sie sehen dann, daß Sie ab einem Ergebnis von 111 Erfolg hatten. Aber auch schon bei einem Ergebnis von 91 sind Sie nicht schlecht und können es normalerweise nochmal mit +10 versuchen.

Tabelle: Statische Manöver		
-26 und weniger	**Spektakulärer Fehlschlag:**	-
Du richtest ein schreckliches Durcheinander an, als Du selbst die einfachsten Prinzipien dieses Manövers in den Wind schlägst. Du hast auf Deine nächsten zwei Aktionen einen Malus von -20, während Du Dich von dieser Katastrophe erholst.		
-25 – 04	**Absoluter Fehlschlag:**	-
Mit diesem bemerkenswerten Fehlschlag gibst Du Dich der Lächerlichkeit preis. Hoffentlich haben Deine Eltern nicht zugeschaut.		
05 – 75	**Fehlschlag:**	-
Du scheiterst. Du bist einfach nicht gut genug. Vielleicht klappt es beim nächsten Mal.		
UM 66	**Ungewöhnlicher Effekt:**	-
Dein Manöver wird von einem ungewöhnlichen Effekt beeinflußt. Dies kann positiv oder negativ sein (der SL sollte dies entscheiden oder zufällig bestimmen).		
76 – 90	**Teilerfolg:**	**20%**
Du bist nicht besonders erfolgreich, aber zumindest befindest Du Dich auf dem richtigen Weg. Möglicherweise klappt es besser, wenn Du mehr auf die Details achtest.		
91 – 110	**Beinahe-Erfolg:**	**80%**
Du bist verdammt nahe dran! Wenn es zu der Situation paßt, kannst Du versuchen, das Manöver mit einem weiteren Wurf (mit einem Bonus von +10) abzuschließen.		
UM 100	**Ungewöhnlicher Erfolg:**	**125%**
Du hast einen bemerkenswerten Erfolg auf ungewöhnliche Weise erreicht. Der SL sollte die Details entscheiden. Dieses Ergebnis kann aufgrund von positivem äußeren Einfluß oder wegen außerordentlichem persönlichen Einsatz eintreten.		
111 – 175	**Erfolg:**	**100%**
Herzlichen Glückwunsch! Der Versuch ist erfolgreich. Weitermachen.		
176 und höher	**Absoluter Erfolg:**	**120%**
Sapperlot! Mit diesem meisterlichen Einsatz übertriffst Du Dich selbst! Du hast dadurch einen Bonus von +10 (nicht kumulativ) auf zukünftige Versuche mit dieser Fertigkeit, bis Du einen Absoluten Fehlschlag oder einen Spektakulären Fehlschlag erleidest.		
Anmerkung: *Die Prozentangaben geben an, wie weit ein Manöver erfolgreich war. Wenn Teilerfolg oder zusätzlicher Erfolg unpassend sind, sollte der SL nur Ergebnisse ab 100% zulassen.*		

3.2 Bewegungsmanöver

Bei einem Bewegungsmanöver (z.B. Sprinten, Klettern usw.) würfeln Sie ebenfalls 1W100, addieren Ihren Fertigkeitsbonus und alle vom SL vergebenen Modifikatoren. Das Ergebnis wird dann auf der Tabelle: Bewegungsmanöver T-3.7 aus dem *Grundregelwerk* (Seite 61) nachgeschlagen. Meistens erhalten Sie als Ergebnis eine Zahl. Wenn es sich bei Ihrem Manöver beispielsweise um das Zurücklegen einer Strecke handelt, ist das Ergebnis der prozentuale Anteil, den Sie diese Runde geschafft haben. Also bei einer 60 haben Sie z.B. 60% der Strecke geschafft.
Handelt es sich jedoch um ein Manöver, das man entweder schafft oder nicht (z.B. Überspringen eines Abgrundes), dann wird die Zahl normalerweise als Prozentchance interpretiert, das Manöver zu schaffen. Bei einer 60 hätten Sie dann z.B. 60% Chance, erfolgreich auf der anderen Seite anzukommen. Schaffen Sie das nicht, schreien Sie bitte nicht zu laut.

4. Kampf

Sie wollen also Blut sehen, ja? Die Diplomatie hat versagt, und jetzt muß das Schwert sprechen?
Kein Problem.
Kampf wird in *Rolemaster* in Runden abgehandelt. Eine Runde entspricht 10 Sekunden Spielzeit. Das ist die Zeit, die auf der Spielwelt verstreicht, nicht Realzeit. Das würde sonst sehr, sehr stressig werden. *Rolemaster* verfügt über ein ausgeklügeltes taktisches Kampfsystem, doch wenden wir uns zuächst einer einfachen Variante zu.

4.1 Einfache Runden

Zunächst müssen Sie bestimmen, wer zuerst an der Reihe ist. Dazu würfeln alle Beteiligten 2W10 (also 1W10 plus 1W10) und addieren den Reaktionsbonus des Charakters. Diese Zahl ist die Initiative.
Danach wird in der Reihenfolge der Initiative zugeschlagen (je höher die Initiative, desto früher in der Runde). Das eigentliche Zuschlagen behandeln wir weiter unten.

4.2. Taktische Runden

Wir gehen davon aus, daß viele Spielrunden lieber mit einem taktischen Kampfsystem spielen wollen. Dabei werden Sie eine der Stärken von *Rolemaster* kennenlernen.
Dieses Verfahren wird nicht nur bei klassischen Kämpfen eingesetzt, sondern auch dann, wenn entschieden werden soll, wer zuerst etwas fertig bekommen hat. Es kann auch um einen Dieb gehen, der ein kompliziertes Schloß öffnen möchte, bevor die Stadtwache auf ihrer Patrollie vorbeikommt. Auch dazu können Sie dieses System einsetzen - daher finden Sie hier nicht nur Referenzen zum Kampf.

Die Grundprinzipien hierbei sind:

1) Jeder Charakter hat bis zu drei Aktionen pro Runde.
2) Jeder Charakter hat dazu pro Runde 100% Aktivität zur Verfügung.

Dies sollten Sie sich immer im Hinterkopf behalten.

Zur Verfügung stehen drei Arten von Aktionen: die Blitzaktion (früh in der Runde, aber mit -20), die normale Aktion (in der Mitte der Runde ohne Modifikator) und die überlegte Aktion (am Ende der Runde, dafür mit +10). Jeder Charakter kann pro Runde bis zu drei Aktionen ausführen, einmal Blitz, einmal Normal und einmal Überlegt. Er kann aber beispielsweise auch seine gesamte Aktivität in einer Aktion verbrauchen - z.B. mit einem Nahkampfangriff. Die Entscheidung darüber liegt ganz und gar beim Spieler.

Jede Aktion verbraucht einen gewissen Teil der Aktivität des Charakters pro Runde. Jeder Charakter hat bis zu 100% Aktivität zur Verfügung, und kann diese Aktivität auf ein bis drei Aktionen aufteilen. In der Tabelle oben auf der nächsten Seite finden Sie gängige Aktionen mit ihren zugehörigen Aktivitäten.

Wenn Sie die Tabelle studieren, werden Sie sehen, daß manche Aktionen einen Aktivitätsbereich angeben. Z.B. steht bei Nahkampfangriff „60-100%". Dies bedeutet, daß Sie einen Nahkampfangriff mit 100% Aktivität ohne Modifikation ausführen können. Setzen Sie aber weniger Aktivität ein, dann erhalten Sie pro Prozentpunkt unter 100 einen Malus von -1. Sie müssen jedoch mindestens 60% einsetzen (dann greifen Sie aber schon mit einem Malus von -40 an).

Reihenfolge der Aktionen

Innerhalb einer Kampfrunde gibt es bei Rolemaster fünf Phasen, nach denen die Runde abgewickelt wird:

1. **Ansage der Aktionen** – Sagen Sie alle Aktionen der Runde an, die Sie durchführen wollen (Blitzaktionen, normale und überlegte Aktionen).
2. **Bestimmung der Initative** – Jeder Kampfteilnehmer muß einen Initiativewurf machen (2W10 + Re-Bonus).
3. **Blitzaktionsphase** – Führen Sie alle Blitzaktionen aus (Bewegungen sind auf 20% der Bewegungsrate beschränkt). Wenn mehrere Kampfteilnehmer hier agieren wollen, werden die Aktionen in der Reihenfolge der Initiative abgewickelt.
4. **Normale Aktionsphase** – Führen Sie alle normalen Aktionen aus (Bewegungen sind auf 50% der Bewegungsrate beschränkt). Wenn mehrere Kampfteilnehmer hier agieren wollen, werden die Aktionen in der Reihenfolge der Initiative abgewickelt.
5. **Überlegte Aktionsphase** – Führen Sie alle überlegten Aktionen aus (Bewegungen sind auf 80% der Bewegungsrate beschränkt). Wenn mehrere Kampfteilnehmer hier agieren wollen, werden die Aktionen in der Reihenfolge der Initiative abgewickelt.

4.3. Angriffe

Es gibt fünf Angriffsarten bei *Rolemaster*: Nahkampfangriffe, Fernkampfangriffe, Basisspruchangriffe (Zaubersprüche), Angriffe mit gezielten Sprüchen und Angriffe mit Flächenzaubern. Die Ausführungen der Angriffsarten weisen untereinander Unterschiede auf.

Tabelle: Normale Aktionen

Aktion	benötigte Aktivität in %
Bewegung als Blitzaktion	1-20%
Bewegung als normale Aktion	1-50%
Bewegung als überlegte Aktion	1-80%
Spruchvorbereitung (Abschnitt 18.12, Seite 67)	90%
Einen nicht-unverzüglichen Spruch wirken ‡	75%
Einen unverzüglichen Spruch wirken ‡	10%
Konzentration (z.B. zum Aufrechterhalten eines Spruchs, beim Balancieren usw.)	50%
Zurückziehen aus dem Kampf (kann sich 3m bewegen)	25%
Bewegungsmanöver (Abschnitt 15.0, Seite 59)	variabel
Statisches Manöver (Abschnitt 13.0, Seite 54) †	variabel
Nahkampfangriff (Anhang A-10.5) *	60-100%
Vormarsch und Nahkampf (Anhang A-10.5, Seite 249) *	80-100%
Reagieren und Nahkampf (Anhang A-10.5, Seite 250) *	80-100%
Fernkampfangriff ((Anhang A-10.4, Seite 248) *	30-60%
Parieren eines Fernkampfangriffs (Anhang A-10.4, Seite 248)	50%
Laden oder Nachladen einer Schleuder	50%
Laden oder Nachladen eines Kurzbogens	50%
Laden oder Nachladen eines Kompositbogens	60%
Laden oder Nachladen eines Langbogens	70%
Laden oder Nachladen einer leichten Armbrust	160%
Laden oder Nachladen einer schweren Armbrust	220%
Waffenwechsel von einer Hand zur anderen	10%
Ziehen einer Waffe	20%
Waffenwechsel	50%
Statisches Manöver auf Wahrnehmung (Abschnitt 18.3, Seite 64)	10%
Kontrolle eines Reittiers (Abschnitt 18.15, Seite 68)	10-100%

Veränderliche prozentuale Aktivität
Die prozentuale Aktivität, die für bestimmte Aktionen benötigt wird, hängt von dem Charakter, der Situation oder anderen Variablen ab. Die folgenden Aktionen und ihre korrespondierenden prozentuale Aktivitäten sind nur Vorschläge. Immer dann, wenn ein Charakter eine dieser Aktionen durchführen will, sollte der SL die tatsächlich benötigte Aktivität festlegen.

Aktion	benötigte Aktivität in %
Schnelles Beobachtungsmanöver (mit -40)	30%
Halbes Beobachtungsmanöver (mit -20)	50%
Volles Beobachtungsmanöver (mit +0)	70%
Schnelles Absteigen von einem Reittier	20%
Vorsichtiges Absteigen von einem Reittier	50%
Aufsteigen auf ein Reittier	50%
Entspanntes Schwimmen	50%
Schwimmen mit hoher Geschwindigkeit	90%
Verstecken	20%
Schleichen	mindestens 50%
Klettern	60-100%
Aufstehen aus einer sitzenden Position	10%
Aufstehen von „kniend/hockend“	20%
Von „hilflos/liegend“ nach „kniend/hockend“	30%
Aufstehen von „hilflos/liegend“	50%
Sich schnell zu Boden fallen lassen	10%
Sich vorsichtig zu Boden fallen lassen	20%
Etwas vom Boden aufheben	30%
Etwas fallen lassen	0%

* – Wenn weniger als die maximal angegebene Aktivität eingesetzt wird, bekommt der Angriff einen Malus von -1 pro 1% unter der maximal angegebenen Aktivität (vgl. Anhang A-10.2, Seite 243).
† – Wenn es nicht anders vom SL gesagt wird oder anders in der Fertigkeitsbeschreibung steht (vgl. Anhang A-4, Seite 127), benötigt man für ein statisches Manöver 100%. Dies kann auf bis zu 50% gesenkt werden, indem man einen Malus von -1 pro 1% Aktivität unter 100% in Kauf nimmt.
‡ – Ein Charakter kann nur einen Spruch pro Runde wirken.

Nahkampfangriffe

Um einen Nahkampfangriff auszuführen, würfeln Sie 1W100 und addieren Ihren „OB“ (Offensivbonus). Dies ist Ihr Fertigkeitsbonus in der Waffe, mit der Sie angreifen. Ziehen Sie dann noch den „DB“ (Defensivbonus) Ihres Gegners ab, und Sie kommen zu einem Ergebnis. Eventuell nennt Ihnen Ihr SL noch weitere situationsabhängige Modifikatoren, die Sie dann noch aufrechnen (z.B. ist es einfacher, einen bereits taumelnden Gegner zu treffen).
Dieses Gesamtergebnis schlagen Sie dann auf der zu der Waffe gehörenden Angriffstabelle nach. Die Rüstung des Gegners bestimmt dabei die verwendete Spalte.
Wenn Sie jedoch mit Ihrem Angriffswurf bevor Sie irgendwelche Modifikatoren angerechnet haben im Patzerbereich der Waffe liegen, dann ist Ihr Angriff fehlgeschlagen. Sie müssen dann auf der Patzertabelle würfeln. Unser Tipp: Würfeln Sie möglichst niedrig.
Haben Sie jedoch einen erfolgreichen Angriff vorgetragen, dann erhalten Sie meistens ein Ergebnis wie „10B“. Dies bedeutet, daß Sie Ihrem Gegner 10 Trefferpunkte Schaden verursacht haben und einen kritischen Treffer der Intensität „B“. Würfeln Sie dann noch auf der passenden Tabelle für kritische Treffer der Waffe, und schlagen Sie das Ergebnis in der Spalte „B“ nach (andere Spalten natürlich bei anderen Intensitäten). Hier können Sie sich freuen, wenn Sie hoch würfeln.

Fernkampfangriffe

Ein Fernkampfangriff wird wie ein Nahkampfangriff ausgeführt, nur daß es noch einen zusätzlichen Modifikator für die Entfernung zwischen Angreifer und Ziel gibt (Reichweiten und Modifikatoren siehe Angriffstabelle).

Basisspruchangriffe

Immer dann, wenn Sie einen Gegner mit einem Spruch angreifen (Ausnahme: Elementare Angriffssprüche), machen Sie einen Basisspruchangriff. Dazu würfeln Sie 1W100, und addieren Sie den Fertigkeitsbonus des Charakters in der Spruchliste. Das Ergebnis schlagen Sie auf der Tabelle: Basis-Spruchangriffe A-10.9.11 (*Grundregelwerk*, Seite 263) nach. Die Rüstung des Ziels und der Magiebereich des Spruchs bestimmen die Spalte. Die Tabelle liefert Ihnen dann einen Widerstandswurfmodifikator, der für das Ziel des Spruchs gilt. Der SL wird diesen Modifikator dann bei dem Widerstandswurf des Ziels berücksichtigen.
Auch hier können Sie jedoch einen Fehler machen. Wenn Sie als Ergebnis ein „F“ erhalten, kommt der Spruch nicht zustande, und Sie armer Tropf müssen auf der Tabelle für Spruchfehler würfeln.

Gezielte Spruchangriffe

Zumeist handelt es sich hierbei um so genannte „Strahl“-Sprüche. Dabei schießen Sie z.B. einen Feuerstrahl auf Ihr Ziel ab. Das Vorgehen entspricht einem Fernkampfangriff, Sie würfeln jedoch auf der Tabelle für Strahl-Spruchangriffe, und Ihr „OB“ ist Ihr Fertigkeitsbonus in „Gezielte Sprüche“.
Sie können aber auch einen Fehler machen. Wenn Sie als Ergebnis ein „F“ erhalten, kommt der Spruch nicht zustande, und Sie müssen auf der Tabelle für Spruchfehler würfeln. Üben Sie schon einmal das Fluchen.

Flächen-Spruchangriffe

Ein Flächen-Angriffsspruch funktioniert wie ein Gezielter Spruch, allerdings wird eine Fläche betroffen, nicht ein einzelnes Ziel. Sie würfeln dazu auf der Tabelle für Flächen-Spruchangriffe. Ein Fertigkeitsbonus wird hier nicht angewendet.
Auch hier können Sie jedoch einen Fehler machen. Wenn Sie als Ergebnis ein „F“ erhalten, kommt der Spruch nicht zustande, und Sie armer Kerl müssen auf der Tabelle für Spruchfehler würfeln.

4.4 Bewegung

Jeder Charakter hat seine Grundbewegungsweite. Diese ist ein Maß dafür, wie weit er sich in einer Runde fortbewegen kann. Sie finden sie auf Ihrem Charakterbogen. Je nach Aktionsphase können Sie aber nur einen bestimmten Prozentsatz Ihrer Bewegungsweite einsetzen (s.o.). Sie können sich also nicht innerhalb einer Aktionsphase mit Ihrer vollen Bewegungsweite bewegen. Es funktioniert aber schon, wenn Sie zwei oder sogar drei Aktionsphasen für Bewegung verwenden.

Geschwindigkeit

Sobald Sie eine Bewegung ausführen, müssen Sie sich für eine Geschwindigkeit entscheiden. Es gibt sechs Geschwindigkeiten, aus denen Sie wählen können:

Geschwindigkeit	Geschwindigkeits-multiplkator	Normale Manöver-Schwierigkeit †	Erschöpfungs-Punktekosten pro Runde
Gehen	1x	kein	1 pro 60 Runden
Dauerlauf	1,5x	kein	1 pro 30 Runden
Laufen	2x	kein	1 pro 12 Runden
Sprint	3x	einfach	2 pro Runde
Schneller Sprint	4x	leicht	6 pro Runde
Spurt	5x	mittelschwer	50 pro Runde
† – Hierbei wird ein Belastungsmalus von -1 bis -10 angenommen			

Wählen Sie also beispielsweise „Sprint“, dann multiplizieren Sie Ihre Grundbewegungsweite mit drei. Je schneller Sie sich bewegen, desto schwieriger wird das zugehörige Manöver. Der SL wird Ihnen mitteilen, wann Sie für Ihre Bewegung einen Manöverwurf durchführen müssen.

Anmerkung: *Der SL kann Ihnen verbieten, sich mit einer bestimmten Geschwindigkeit fortzubewegen, nämlich dann, wenn Sie eine besonders schwere Rüstung oder Last tragen.*

4.5 Parade und Defensive

Rolemaster verfügt über ein Kampfsystem, das ziemlich schnell tödlich enden kann. Werfen Sie bei Gelegenheit einmal einen Blick auf die Tabellen für kritische Treffer. Haben Sie also Respekt vor Ihren Gegnern.
Jeder Charakter hat eine „eingebaute“ Verteidigung. Das ist sein Defensivbonus (DB), der sich aus der Reaktion des Charakters und anderen Faktoren bestimmt. Des Weiteren hat jeder Charakter eine Rüstungsklasse (1 = ungerüstet, 20 = volle Platte). Man kann (und sollte) sich aber nicht nur auf diese beiden Faktoren verlassen.
Jeder Kampfteilnehmer kann seine Defensive verstärken. Das nennt man „Parieren“. Er verschiebt dazu einen Anteil seiner Offensive auf die Defensive, also vom OB auf den DB. Wenn Sie beispielsweise einen OB von +100 haben und einen DB von 10, können Sie - sagen wir - 30 Punkte auf den DB legen. Sie haben dann einen OB von 70, aber einen DB von 40. Da der DB von Angriffen gegen Sie abgezogen wird, ist das Parieren sehr vernünftig, ja sogar überlebenswichtig. Nur Selbstmörder und Narren verzichten auf die Parade.
Sie können allerdings nicht immer und unter allen Umständen parieren. Beispielsweise ist es mit einem Schwert alleine nicht möglich, einen Armbrustbolzen zu parieren. Mit einem Schild (der auch noch einen zusätzlichen Bonus auf die Defensive bringt) könnten Sie das aber schon. Ihr SL wird Sie darüber aufklären.

5. Zaubern

Wenn Sie eine oder mehrere Spruchlisten als Fertigkeiten erlernt haben, dann können Sie als eine der drei Aktionen einen Zauberspruch wirken. Beachten Sie aber, daß Sie unter keinen Umständen mehr als einen Spruch pro Runde wirken können.
Zaubersprüche befinden sich in Spruchlisten. Pro Rang, den Sie in der zu der Spruchliste gehörenden Fertigkeit erlernt haben, können Sie eine weitere Spruchstufe der Liste wirken (haben Sie z.B. 7 Ränge gelernt, kennen Sie die Liste bis zur Stufe 7). Ein Spruch kostet Sie seine Stufe in Magiepunkten (ein Stufe 7 Spruch kostet also 7 Magiepunkte). Sie finden Ihre Magiepunkte auf Ihrem Charakterbogen, abgekürzt als MP. Es gelten folgende Einschränkungen für das Wirken von Sprüchen:

1. Die Stufe des Zauberspruchs darf nicht höher als die Stufe Ihres Charakters sein.
2. Ein Zauberspruch kann nicht als Blitzaktion gewirkt werden (es sei denn, er ist mit einem Sternchen markiert; in diesem Fall handelt es sich um einen unverzüglichen Spruch, der nur 10% Aktivität erfordert).
3. Sie müssen mindestens 75% Ihrer gesamten Magiepunkte vorrätig haben.
4. Sie müssen den Zauberspruch mindestens 2 Runden vorbereiten.
5. Sie tragen keine schwere Rüstung.

Wenn die obigen Bedingungen nicht zutreffen, können Sie den Spruch meistens dennoch wirken (kennen müssen Sie ihn aber schon). Dann ist ein statisches Spruchmanöver fällig, wozu Sie den Fertigkeitsbonus in der Spruchliste benötigen.

6. Heilung und Erholung

Heilung auf natürlichem Wege dauert sehr lange. Es gibt aber Sprüche oder Heilkräuter, die diesen Vorgang beschleunigen. Trefferpunkte heilen in der Geschwindigkeit wie auf Ihrem Charakterbogen angegeben. Bei Magiepunkten gilt auch das, was auf dem Charakterbogen steht, zusätzlich erhalten Sie die Hälfte Ihrer Magiepunkte pro halber Schlafperiode zurück. Schwere Wunden brauchen meist mehrere Tage, um zu heilen (der SL wird Ihnen mitteilen wie lange Ihre Wunden zur Heilung benötigen).

ROLEMASTER

Steigen Sie jetzt in eine neue Welt der Abenteuer ein. Mit dem Rolemaster Grundregelwerk erhalten Sie alles, was Sie für Ihren Start in neue Welten benötigen. Wenn Sie etwas auf Ihrem Weg zur einsamen Insel im Rucksack haben sollten, dann das Rolemaster Grundregelwerk. Es enthält den Werkzeugkasten, um jede Situation zu meistern. Sonst brauchen Sie nur noch zwei zehnseitige Würfel und Ihre Phantasie.

Rolemaster Grundregelwerk
288 Seiten, Hardcover, 13Mann Verlag
ISBN 978-3-9811718-0-8

Sie brauchen mehr? Mehr Waffen, mehr Berufe und Ausbildungspakete, optionale Regeln und weitere kritische Treffer? Dann ist der neuaufgelegte Klassiker, das Rolemaster Kampfhandbuch, genau das Richtige für Sie. Ob als Barbar, als Assassine, als Gladiator - oder als Waffenloser Krieger und Kriegsmönch - Besuchen Sie die Kampfschulen der Fantasy-Welten und gehen Sie siegreich aus Ihren Gefechten hervor.

Rolemaster Kampfhandbuch
288 Seiten, Hardcover, 13Mann Verlag
ISBN 978-3-9811718-1-5

Viele weitere Produkte und Neuerungen finden Sie auf der offiziellen Rolemaster-Internetseite

www.sonnenfeste.de

Dort werden Sie über neue Abenteuer, Kampagnenwelten und Erweiterungen aktuell informiert. Des Weiteren haben Sie dort Zugang zu jeder Menge nützlichem Material, das zum Download angeboten wird. Werden Sie Teil der Rolemaster-Community und nutzen Sie das Forum.

Besuchen Sie uns jetzt!